Siegfried Lindhorst

Mörderwahrheit

© 2021, Siegfried Lindhorst
Herstellung und Verlag:
BoD – Books on Demand, Norderstedt
ISBN: 9783755716907

Mörderwahrheit

Ellen Wöllner ist tot. Die Lehrerin liegt im Keller ihres Hauses. Sie ist erschossen worden. Alles sieht so aus, dass ihr Ehemann auch ihr Mörder ist. Als nach und nach Beweise auf einen fremden Täter hindeuten, wird es für Hauptkommissar Landau und sein Team kompliziert.

Über den Autor:
Siegfried Lindhorst, Jahrgang 1953, war fast sein gesamtes Berufsleben als Kriminalbeamter in einer Mordkommission im Westen des Landes tätig. Er weiß, dass jeder Fall sich von anderen unterscheidet. Tatmotive können ähnlich sein, Tatwaffen ebenfalls. Auch werden bestimmte Örtlichkeiten immer wieder zu Tatorten. Aber das, was ein schweres Verbrechen bei Opfern und deren Angehörige auslöst, ist in jedem Fall einzigartig.

1.

Die Situation erschien wie so oft.

Christian Landau kannte sie aus mehr als drei Jahrzehnten, die er mittlerweile in der Mordkommission Klosterhausen war. Der Mann, der dem Chef der Mordermittler an diesem frühen Nachmittag eines verregneten Julitages gegenüber saß, vermittelte einen umgänglichen Eindruck. Sauber gekleidet mit weißen Jeans und kariertem Baumwollhemd. Das dunkelblonde, etwas längere Haar des jungen Mannes gekämmt. Das Gesicht mit der leicht spitzen Nase wirkte frisch, die blauen Augen hellwach. Kaum jemand wäre auf die Idee gekommen, dass der dreißig Jahre alte Ben Sommer erst wenige Minuten zuvor in einem Appartement der Pension an der Marktschänke festgenommen worden war. Wegen Mordes!

Christian Landau hatte ihn mit seinem jungen Kollegen Kai Gellert ganz schnell aufstöbern können.

Erst am Vormittag kurz nach 08.00 Uhr war die Meldung von einem Leichenfund in der Marktstraße 3 per Notruf bei der Regionalleitstelle Elmshorn eingegangen und von den zunächst zum Einsatzort entsandten Streifenbeamten bestätigt worden. Dann war das 1. Kommissariat zum Einsatz gekommen. In seiner Souterrain-Wohnung hatte der sechzigjährige Wohnungsinhaber Rainer Sasse neben der Wohnungstür im Flur gelegen. Eine blutige Verletzung auf dem Kopf und ein um den Hals fest zugezogener Ledergürtel waren unmissverständliche Zeichen dafür gewesen, dass hier offensichtlich ein Verbrechen geschehen war. Das leere Herrenportemonnaie neben dem toten Rainer Sasse war ein Hinweis auf ein Motiv für die Tat.

Routiniert hatte Landau das anstehende Arbeitspensum aufgeteilt: Martina Bell, Oberkommissarin, seit Jahren als sehr engagierte und fähige Sachbearbeiterin im Team, war zusammen mit Landaus Vertreter, Hauptkommissar Lukas Grote, für die Tatortarbeit vorgesehen. Dass machten sie gemeinsam mit den Kriminaltechnikern Hans Gerlach, Urgestein der Spurensicherung, und der Kommissarin Clarissa Scheunemann. Das bedeutete, dieses Team aus Ermittlern und Experten der Spurensicherung nahm den Tatort auf, konservierte gewissermaßen die Spuren der Tat, sicherte sie und machte sie zudem für spätere Zwecke rekonstruierbar. Eine sehr aufwändige und pingelig durchzuführende Arbeit, die das Team für mehrere Stunden in der Tatwohnung festhielt. Erst im Anschluss an diese Arbeit sollte der Leichnam des Rainer Sasse in die Pathologie des Krankenhauses Klosterhausen gebracht werden, wo eine Obduktion von Rechtsmediziner Dr. Arndt erfolgen sollte.

Christian Landau war mit wenigen Telefonaten vom Tatort aus seinen Unterrichtungsverpflichtungen gegenüber seinem Chef Kriminaldirektor Reinhard Lott und dem zuständigen Staatsanwalt Dr. Armin Jahn nachgekommen. Lott, der sich mit Landau sehr gut verstand, liebte die kurze, knappe Information. Daher war das Gespräch mit dem Kriminaldirektor von nur kurzer Dauer gewesen. Das kannte Landau auch noch anders, als ehemalige Vorgesetzte sich in vermeintlicher Fachkenntnis in die komplizierte Ermittlungsarbeit einmischten und dadurch allerhand Unheil anrichten konnten. Doch diese Zeiten waren, Lott sei Dank, endlich vorbei. Dr. Jahn, der Kapitaldezernent der Staatsanwaltschaft war aus ähnlichem Holz geschnitzt wie Reinhard Lott. Also auch hier genügte die kurze und knappe Mitteilung.

Der Nachbar Frank Schmude hatte die Tat entdeckt und sofort die 110 gewählt. Schmude bewohnte die Souterrain-Wohnung gegenüber und war früh morgens aufmerksam geworden, weil bei Sasse die Wohnungstür offenstand. Der gleichaltrige Nachbar war abends sehr früh ins Bett gegangen und hatte von einem möglichen Tatgeschehen nichts mitbekommen. Für Christian Landau kam Schmude als möglicher Tatverdächtiger nicht infrage, obwohl, frei nach dem Spruch „Unter der Lampe ist es immer am dunkelsten" eine Prüfung der unmittelbaren Umgebung so gut wie immer die ersten Ermittlungsschritte waren. Doch Schmude schied von vornherein aus. Die körperliche Beeinträchtigung des spindeldürren und sichtbar gebrechlichen Seniors war eindeutig. Bei einem Verkehrsunfall hatte Schmude vor Jahren seinen rechten Arm verloren.

Doch der Tatentdeckungszeuge hatte einen Hinweis geben können, einen sehr wichtigen. Schmude wusste, dass sein

6

Nachbar sich seit einigen Wochen mit einem jungen Mann abgab, der in der Pension neben der Markschänke gegenüber wohnte.

So war es gekommen, dass schon einer der ersten Ermittlungsschritte direkt zum Tatverdächtigen führte. So simpel, so einfach, dass Christian Landau es fasst gar nicht fassen konnte. Gemeinsam mit Kai Gellert war er schnurstracks über die Marktstraße zur Pension gegangen und hatte von der Wirtin bereitwillig Auskunft über den derzeit einzigen Pensionsgast erhalten.

„ Ach, das ist ein ganz netter junger Mann. Sommer heißt er, Ben Sommer. Sauber und ordentlich, so wünscht man sich seine Gäste. Er ist jetzt auch noch in seinem Zimmer", sagte die Pensionswirtin und sah auf das Schlüsselbrett, wo die Zimmerschlüssel bis auf den für Appartement Nr. 2 hingen.

Landau und Gellert waren dann direkt an Sommers Appartementtür gegangen und als Landau gerade anklopfen wollte, da hatte Ben Sommer die Tür schon geöffnet. „Sie suchen mich, nicht wahr? Ja, ich war das da im Haus gegenüber", waren die Worte des nunmehr Verdächtigen gewesen.

Seine Festnahme hatte keinerlei Schwierigkeiten bereitet. Nach seinem überraschenden Tateingeständnis hatte er beide Hände gehoben, so dass Kai Gellert ihm die Arme auf den Rücken drehen und Handfesseln anlegen konnte.

Die Pensionswirtin hatte sehr verstört und erschrocken geblickt, als die beiden Kriminalbeamten mit dem gerade noch von ihr hochgelobten Pensionsgast an ihr vorbei zum Ausgang gegangen waren.

Und nun saß Ben Sommer im Vernehmungsraum, diesem karg eingerichteten Raum mit den schmucklosen weißen Wänden. An dem einfachen Holztisch saßen sich der Verdächtige und Christian Landau gegenüber. An der Stirnseite hatte Kai Gellert Platz genommen und erwartete nun, dass sein Chef mit der Vernehmung beginnen würde. Dem blonden Gellert war klar, dass er wieder die Zuschauerrolle haben würde. Er war gespannt, wie Christian Landau mit dem geständigen Mordverdächtigen umgehen würde.

Zuvor hatte Claudia Kaufmann, seit Jahrzehnten als Angestellte im Kommissariat tätig, in ihren PC, der rechts neben Landau an der Wand auf einem PC-Tisch stand, die Personalien des Beschuldigten eingegeben.

Landau zögerte einen Augenblick, dann erhob er sich von seinem Platz und sagte zu Kai Gellert: „Lass uns den Platz tauschen. Ich finde, du könntest die Vernehmung führen." Ungläubig sah Kai auf seinen K-Leiter. Claudia schob überrascht ihre Brillenbügel über ihr braunes Haar. Das hatte es ewig nicht gegeben. Klar, wenn Landau im Urlaub war und eine Vernehmung eines Mordverdächtigen stand an, dann war es meistens Lukas Grote, der die Vernehmung führte. Claudia überlegte, ob es vielleicht daran lag, dass der Endfünfziger Landau in wenigen Monaten pensioniert werden würde und daher die Vernehmung an Gellert abtrat. Kai war anzusehen, dass er nicht damit gerechnet hatte, den Verdächtigen vernehmen zu dürfen.

Bei vielen Vernehmungen in den beiden Jahren seiner Zugehörigkeit zum 1. K hatte er neben Landau gesessen und genau aufgepasst, wie der Chef seine Fragen stellte, welche Fragen es waren, wie die Atmosphäre im Vernehmungsraum sich entwickelt und wie auch die Emotionen der Vernommenen von Landau gesteuert werden konnten. Gellert war aufgefallen, dass Landau die Beschuldigten in jedem Fall ordentlich behandelte. Höflich, nicht anbiedernd, verbindlich, nicht autoritär oder gar entwürdigend, verlässlich, ohne falsche Versprechungen und - nur in Ausnahmefällen mal etwas lauter. So wollte Gellert es auch machen, so würde Landau es von ihm auch verlangen. Er war aufgeregt, weil er nichts falsch machen wollte. Wer ihn näher kannte, sah es an seinen roten Ohren. Christian Landau setzte sich nun an die Stirnseite des Tisches und nickte seinem über dreißig Jahre jüngeren Kollegen zuversichtlich zu. Der räusperte sich noch einmal, als er seinerseits den ehemaligen Platz seines Chefs einnahm. Gellert wusste natürlich, dass die rechtliche Belehrung des Beschuldigten eine Grundvoraussetzung für das rechtssichere Strafverfahren war. Zwar hatte Landau den Mordverdächtigen noch in der Pension auf seine Rechte hingewiesen. Dies galt es jetzt noch einmal für das Vernehmungsprotokoll aufzunehmen. Und Gellert begann die Vernehmung damit, dass er Ben Sommer wörtlich den Belehrungstext aus der Strafprozessordnung vorlas. „Haben Sie das verstanden, Herr Sommer?", fragte er. „Ja, habe ich verstanden." Ben Sommer nickte. „Wollen Sie hier eine Aussage machen?" „Ja, hab' doch schon gesagt, dass ich das war. Und einen Rechtsanwalt will ich nicht. Ich weiß, dass ich für das einstehen muss, was ich gemacht habe. Dazu brauche ich keinen Anwalt." „Dann erzählen Sie mal, was passiert ist." Kai Gellert hatte sich vorgenommen, den Beschuldigten möglichst nicht zu unterbrechen. Ben Sommer sollte seine Geschichte erzählen. All das, was sich aus seiner Sicht ereignet hatte und warum es geschehen war. Wie er es von Christian Landau gelernt hatte, sollte der Beschuldigte zunächst seinen Bericht liefern. Nichts sollte hineingefragt werden. So würde genau das im Protokoll aufgenommen werden, was Sommer gesagt und gemeint hatte. Sommers Bericht war kurz. Und er hatte es in sich. Gellert hatte eine solche Offenheit noch nie gehört. Auch Christian Landau war überrascht, dass ein Verdächtiger sich selbst so stark belastete. Die Worte Sommers kamen klar und deutlich aus seinem Mund. Claudia Kaufmann hatte keine Mühe, die Aussage zu protokollieren. Mit wenigen Zeilen entstand folgendes Dokument. Es würde für das weitere Leben von Ben Sommer entscheidend sein: „Ich habe Rainer letzte Woche in der Marktschänke kennengelernt. Weil er abends nicht allein fernsehen wollte, hat er mich zu sich eingeladen. So auch gestern. Wir haben einen alten Polizeiruf 110 angesehen. Da ging es um einen kleinen Ganoven, der mehr durch Zufall an eine ordentliche Summe gekommen war, als er in der Bahn einem schlafenden Gast die Brieftasche gezottelt hatte. Nach dem Film sagte Rainer, dass er vorgestern am ZOB auch Glück gehabt hatte. Neben dem Wartehäuschen will er einen Umschlag mit 600 Euro gefunden haben. Das Geld hat er mitgenommen und für sich behalten. Ich habe gesagt, dass er spinnt und ich ihm das nicht glaube. Da hat er mir das Geld gezeigt. Er hatte es in seinem Portemonnaie. Ich meinte, dass er darauf aber einen ausgeben müsste. Das wollte er auch und ging raus auf den Hausflur. Dort hat er eine kleine Abstellkammer. Er wollte von dort zwei Flaschen Bier holen.

Als Rainer draußen war, da kam mir plötzlich der Gedanke, dass ich ihm das Geld abnehmen könnte. Er würde es mir aber bestimmt nicht freiwillig geben. Darum habe ich entschieden, ihn umzubringen, um an das Geld zu kommen. Ich sah hinter seiner Wohnungstür einen dicken Knüppel liegen. Den nahm ich in die Hand und stellte mich damit so hinter die Tür, dass er mich beim Betreten seiner Wohnung nicht gleich sehen konnte. Dann kam er auch schon. Er hat gar nicht bemerkt, dass ich hinter der Tür stand. Ich schlug ihm mit voller Kraft den Knüppel auf den Kopf. Er stolperte und stürzte nach vorn auf den Boden. Sein Kopf war sofort voller Blut, aber Rainer zappelte noch und röchelte.

An einem Haken neben der Tür hing ein Ledergürtel. Den nahm ich, legte ihn um seinen Hals und zog die Schlaufe ganz kräftig zu. So lange, bis Rainer sich nicht mehr rührte und ich sicher war, dass er nicht mehr lebte. Dann zog ich sein Portemonnaie aus seiner Hose und nahm das Geld.

Ich machte das Licht aus, verließ seine Wohnung und ging rüber in meine Pension. Ich habe mich gewaschen und bin anschließend ins Bett gegangen. Heute wollte ich dann nach Hamburg und mir einen schönen Tag machen."

Kai Gellert blickte intensiv auf den Tatverdächtigen. Erst nach einigen Augenblicken fragte er:

„Ist das wirklich so abgelaufen?"

„Ja, genauso war es. Ganz genauso", bestätigte Sommer seine Angaben. Und zwar so, als habe er soeben von einem schönen Ausflug am Vortag berichtet. Keine Erschütterung. Kein Bedauern. Kein Mitleid. Keine Beschönigung.

„Haben Sie gestern Alkohol getrunken?"

„Nein, Rainer und ich haben beim Fernsehen Apfelschorle gehabt. Ich trinke so gut wie nie Alkohol. Zum Biertrinken sind wir ja nicht mehr gekommen."

„Nehmen Sie Drogen oder haben Sie Tabletten eingenommen?"

„Nein. Ich nehme so etwas nicht."

„Herr Sommer, ist Ihnen klar, was Ihre Aussage hier bedeutet? Wissen Sie das?"

„Das weiß ich genau. Es bedeutet, dass ich ein Mörder bin. Ein Raubmörder. Ja, das bin ich nun."

„Kennen Sie die Folgen?"

„Ja, klar. Ich werde sicher als Raubmörder verurteilt und komme lebenslang ins Gefängnis."

Nach zwei Stunden beendete Kai Gellert die Vernehmung. Zum Ablauf der Tat hatte er noch ganz konkrete Nachfragen gestellt. Die Antworten Sommers deckten sich mit den objektiven Feststellungen in der Wohnung von Rainer Sasse. Das war wichtig, um den Wahrheitsgehalt von Sommers Angaben zu belegen. So beschrieb Sommer ganz genau, wo er den Knüppel nach der Tat versteckt hatte und dass der Gürtel zugezogen am Hals von Rainer Sasse verblieben war.

Vorhalte zu Widersprüchen, oftmals ein Kernstück von Vernehmungen, musste Kai Gellert dem Mordverdächtigen nicht machen. Er klopfte aber nochmals mehrfach dessen Beweggründe für das Verbrechen an Rainer Sasse ab und bekam immer wieder die in sich schlüssige aber doch brutal offen und rücksichtslos klingende Antwort: „Ich habe Rainer ermordet, weil ich sein Geld haben wollte. Das hätte er mir doch freiwillig nicht gegeben. Deshalb habe ich ihn totgemacht."

Die Schilderung des Lebenslaufes von Sommer erbrachten keinerlei Anhaltspunkte dafür, dass irgendetwas den Mann aus der Bahn geworfen hätte. Aufgewachsen als Einzelkind in seinem Elternhaus in Lüneburg, Schulbesuch ohne Probleme mit einem guten Realschulabschluss, nach vorübergehendem Besuch eines Wirtschaftsgymnasiums Zeitsoldat bei der Bundeswehr, letzter Dienstgrad nach regelmäßigen Beförderungen Stabsunteroffizier im Rotenburger Versorgungsbataillon, nach verlängerter Dienstzeit Entlassung vor drei Monaten mit dem Ziel, eine Ausbildung zum Kaufmann für technische Büroausstattung bei einer Firma in Klosterhausen zu beginnen. Keine erwähnenswerten Krankheiten. Keine Suchtprobleme. Ledig. Kein Wohneigentum. Nach eigener Einschätzung finanziell sehr leichtsinnig und daher trotz angemessener Besoldung bei der Bundeswehr und entsprechender Abfindung bei der Bank immer Kreditnehmer. Zuletzt wegen der Finanzierung eines BMW-Cabrio, das nach einem selbstverschuldeten Verkehrsunfall nur noch Schrottwert hatte. Bisher weder polizeilich noch disziplinar bei der Bundeswehr in Erscheinung getreten.

*

„So einen hatte ich noch nie", erklärte Christian Landau im 1. Kommissariat bei der Feierabendbesprechung. Zuvor waren noch einmal alle Einzelheiten des Falles diskutiert worden. Die Kriminaltechniker konnten den Tatablauf aufgrund der vorgefunden Spurenlage nachzeichnen und präsentierten neben dem Ledergürtel das zweite Tatwerkzeug, einen armlangen, dicken Holzknüppel mit Blutanhaftungen. Kommissarin Clarissa Scheunemann hatte ihn im Wohnzimmer unter dem Fernsehsessel gefunden. Martina Bell berichtete von der bereits erfolgten Obduktion und dem eindeutigen Ergebnis, dass Rainer Sasse durch Schlageinwirkung auf den Kopf mit einem Gegenstand, der sehr wahrscheinlich der Holzknüppel gewesen sein dürfte, einen Bruch des Schädeldachs erlitten habe und dadurch weitestgehend handlungs- und abwehrunfähig geworden sei. Danach sei er mit dem noch am Hals festgestellten Ledergürtel erdrosselt worden.

„Dann stimmt alles, was Sommer uns erzählt hat", folgerte Kai Gellert, während er dabei seinen rechten Zeigefinger dozierend in die Höhe hob. Gellert war mächtig stolz, dass er die Vernehmung des Mordverdächtigen führen durfte. Landau hatte ihm nach Vernehmungsende unter vier Augen mitgeteilt, dass er seine Sache ganz ordentlich gemacht habe. Aus dem Mund Landaus, der seinen Mitarbeitern gegenüber eher mit Lob geizte, war diese Beurteilung schon eine Auszeichnung. Das seltene Loben hatte Landau von seinem ersten Chef übernommen. Allerdings war der noch sehr viel sparsamer damit gewesen, hatte dem jungen Landau gegenüber mehrfach erklärt, dass es Lob genug sei, wenn er nicht schimpfe. Und auch bei Gelegenheiten, die Landau damals selbst für sich als eine ausgezeichnete Leistung einstufte, hatte der Alte ihm lediglich gesagt, aus ihm, Landau, könne mal ein guter Kriminalbeamter werden.

Nein, Lob war auch nicht das Ding von Christian Landau. Ihm lag es viel mehr, gemeinsam in seinem Team Entscheidungen zu treffen und sich bei positivem Ausgang auch gemeinsam darüber zu freuen. Im Gegenzug gab es von ihm bei einer negativen Leistung auch selten Kritik gegen ein einzelnes Teammitglied.

Der Kommissariatsleiter runzelte seine Stirn und strich sich mit der rechten Hand über seinen füligen Bauch, was Kai Gellert irritierte. Offensichtlich war Landau nicht zufrieden mit dem Gesamtergebnis. Es war Lukas Grote, der zunächst schweigend nickte und dann resümierte. „Aber nur weil uns das Verhalten und die Aussage von Ben Sommer ungewöhnlich vorkommt, muss sie doch nicht falsch sein. Dann ist es eben so. Er bekommt sein Lebenslang für den astreinen Raubmord - und Punkt."

„Ich habe vorhin noch kurz Staatsanwalt Dr. Jahn informiert. Der war so überrascht wie wir", entgegnete Landau. „Dr. Jahn will beantragen, dass Ben Sommer psychiatrisch untersucht wird."

„Warum das denn? Sommer hat doch keine Meise. Der ist voll schuldfähig", warf Kai Gellert ein.

„Der Begutachtung spricht nichts entgegen", befand Lukas Grote. „Vielleicht ist da was mit dem Kerl, was er selbst nicht weiß. Immerhin geht's hier um ein Lebenslänglich. Da sollte man eigentlich bei jedem Mordverdächtigen mal nachgucken."

„Das ist ja mittlerweile auch so", erklärte Landau. „Wäre nicht gut, wenn die Frage der Schuldfähigkeit erst beim Prozess im Landgericht aufgeworfen wird."

„Und was kommt bei der Untersuchung dann raus?", ereiferte sich Kai emotionsvoll und sein Gesicht errötete, „da ist er mal als Kind gegen eine Tür gelaufen und kann daher zwanzig Jahre später für sein Verbrechen nicht mehr voll zur Verantwortung gezogen werden."

Martina Bell hatte der Diskussion bisher nur zugehört. Sie schüttelte den Kopf und ihr halblanges, dunkles Haar flog hin und her. Sie schaltete sich nun ein. „So ein Gutachter schaut in Bereiche des Menschen, die uns verborgen bleiben. Der hat das studiert und über lange Jahre seine Kenntnisse erworben und Erfahrungen gemacht. Das läuft nicht so, wie du das eben gesagt hast, Kai. Außerdem betrachtet der Gutachter auch die Frage, ob und wie von dem Täter weiterhin eine Gefahr ausgeht. Und das ist bestimmt keine leichte Arbeit."

„Naja, kommt drauf an", bemerkte Claudia Kaufmann und dachte bei diesen Worten an einen lange zurückliegenden Fall. „Wenn der Gutachter die Fakten nicht sieht oder nicht sehen will, dann kann das übel ausgehen. Ich denke da an unseren Jan Martensen, der damals hier in Klosterhausen auf dem Jahrmarkt seine Freundin umgebracht und angezündet hat."

Christian Landau wusste genau, welchen Fall Claudia Kaufmann meinte. Sie war damals schon dabei im 1. K. Wenn Landau an die Geschichte des Feuerteufels aus Evenfleth dachte, dann kam in ihm immer noch die blanke Wut hoch. Der damalige Gutachter hatte dem geständigen Jan Martensen im Prozess bescheinigt, dass er während der Tatausführung in einer einmaligen nicht vorhersehbaren extremen Konfliktsituation und daher zum Tatzeitpunkt schuldunfähig gewesen sei. Landau selbst hatte als Sachbearbeiter des Mordfalles im Gerichtssaal darauf hingewiesen, dass die angebliche Konfliktsituation vom Täter nur vorgeschoben worden und dass er eine Bombe in Menschengestalt sei. Jan Martensen war freigesprochen worden. Schuldunfähig. In der Zukunft nicht gefährlich.

Wenige Monate später hatte Jan Martensen in Bremen ein Mädchen umgebracht und angezündet...

„Die Zeit ist heute eine andere", ging Landau auf die Bemerkung von Claudia Kaufmann ein. „Der Gutachter von damals ist nicht mehr da, und bei Dr. Feininger, dem Chefarzt unserer Psychiatrie hier in Klosterhausen, da bin ich mir sicher, dass bei Sommer nichts im Verborgenen bleibt." Landau blieb nun einige Augenblicke stumm, sah in die Runde und wiederholte: „Aber so einen wie Ben Sommer hatte ich noch nie."

2.

Das Morddezernat in einer Großstadt besteht aus mehreren Mordkommissionen, die abwechselnd Bereitschaftsdienst versehen. Das 1. Kommissariat in Klosterhausen kennt eine solche Diensteinteilung nicht. Für sogenannte Mordbereitschaften ist die Kriminalpolizei hier personell nicht in der Lage. Das 1. Kommissariat übernimmt die Mordfälle, die sich im Zuständigkeitsbereich ereignen. In diesem Bereich leben mehrere hunderttausend Menschen – da kommt es schon dann und wann zu Aufsehen erregenden Fällen wie den Mord an Rainer Sasse. Vom Arbeitsaufwand her eher ein kleiner Fall, der vom 1. Kommissariat ohne personelle Unterstützung aus anderen Dienststellen bearbeitet wird. Christian Landau beobachtete während seiner langen Dienstzeit ein sich häufig wiederholendes Phänomen. Angelehnt an das Sprichwort „Ein Unglück kommt selten allein", musste das 1. Kommissariat immer mal wieder zwei oder gar drei Tötungsdelikte übernehmen, die zeitlich und auch örtlich ganz nah beieinander lagen, ansonsten aber sich ganz unabhängig voneinander ereignet hatten. Landau hatte zwar nicht damit gerechnet, aber es verwunderte ihn auch nicht sehr, als er noch am Abend nach der Festnahme von Ben Sommer einen weiteren Fall übernehmen musste.

Sommer war noch am späten Nachmittag dem Haftrichter beim Amtsgericht Klosterhausen vorgeführt worden. Er hatte auch in Gegenwart seines hinzugezogenen Pflichtverteidigers, Rechtsanwalt Dr. Theobald Marxen aus Klosterhausen, seine Aussage wiederholt, und Amtsrichter Bolten hatte gar keine andere Wahl, als dem Antrag von Staatsanwalt Dr. Jahn auf Erlass eines Haftbefehls wegen Raubmordes zu entsprechen. Sommer war im Anschluss sofort in die kleine Justizvollzugsanstalt gebracht worden, wo er sehr wahrscheinlich bis Beginn seines Strafprozesses verbleiben würde.

Ein sogenanntes Mordbier, vor vielen Jahren im 1. K nach erfolgreicher Verbrecherjagd fast ein rituelles Ereignis mit wesentlich mehr als einem Bier pro Nase, hatte es glücklicherweise auch nach dem Termin am Amtsgericht nicht mehr gegeben. Im 1. Kommissariat war man zu der Ansicht gelangt, dass die Aufklärung eines Verbrechens, bei der ein Mensch zu Tode gekommen war, nicht der Anlass zum Genuss alkoholischer Getränke sei.

Um dennoch irgendwie mit dem Fall zum Abschluss zu kommen, hatte man sich auf ein zu einem späteren Zeitpunkt zu genießendes ‚Mordfrühstück', bei dem auch alle die die Mordkommission unterstützenden Kollegen und auch der zuständige Staatsanwalt eingeladen wurden, geeinigt.

Doch manchmal überschlugen sich die Ereignisse, wie auch an diesem Abend. Christian Landau war gegen Mitternacht zu Hause angekommen und erzählte seiner Frau Kerstin gerade, dass ihn die anstrengende Arbeit mehr und mehr zusetze. „Früher habe ich die Nacht durcharbeiten können und den Tag darauf auch noch. Das machte mir nichts aus. Und heute bin ich schon nach einem langen Tag richtig kaputt. Die Arbeit mache ich nach wie vor immer noch sehr gerne, aber ich merke sie schon deutlich."

Kerstin Landau blickte fast mitleidvoll als sie sagte: „Du machst das ja auch schon einige Jahrzehnte, aber bald ist ja Schluss mit der Quälerei und du gehst in Pension."

Weiter war das Gespräch nicht gediehen. Landau konnte seine Gedanken an die Zeit nach seiner Pensionierung nicht mehr formulieren, weil sein Handy ihn mit der Melodie des Stones-Titels „Paint it black" alarmierte. Um diese Uhrzeit konnte es nur die Regionalleitstelle sein, wusste Landau. Und richtig, Mirco Röschendorf, der Chef der Leitstelle war es, der eine Mitteilung machte, die Landau zunächst einmal zusammensinken ließ, weil ihm schlagartig bewusst wurde, dass an Schlaf in dieser Nacht nicht mehr zu denken war. Ein neuer Fall in Klosterhausen! Wenige Minuten zuvor hatte ein Mann namens Timo Wöllner über Notruf gemeldet, dass er seine Ehefrau tot im Keller seines Hauses aufgefunden habe. Die unverzüglich eingesetzten Beamten der Nachtstreife ‚Kloster 1/1' hatten die Angaben des Anrufers in dessen Haus in der Mönchstwiete 12 bestätigt gefunden und Streifenführer Jochen Sand hatte mitgeteilt, dass die Frau offensichtlich erschossen worden war.

Den Gedanken an die bevorstehende schlaflose Nacht beschäftigten Landau nicht mehr lange. Für solche Situationen hatte er seit Jahren immer eine Dose Schoka-Kola dabei. Diese spezielle Schokolade nahm er wirklich

16

nur in Ausnahmefällen, wenn die Müdigkeit auch durch den stärksten Kaffee nicht verdrängt werden konnte. Aber soweit war es jetzt nicht. Die Meldung puschte zunächst die Müdigkeit weg und Landau dachte jetzt nur daran, wie er den Fall nun mitten in der Nacht angehen könnte. Bei dieser Überlegung kam ihm seine über die vielen Jahre erprobte Einsatzerfahrung zugute. Er telefonierte nämlich zuerst mit dem Beamten Jochen Sand, der mit seinem Streifenkollegen Erich Ruhländer vor Ort war.

„Moin Jochen, Einsatzleiter Röschendorf hat mir zwar schon grob berichtet, aber sag' mir doch noch mal kurz, wie es dort aussieht", bat er Streifenführer Sand, nachdem er ihn gefragt hatte, ob er ungestört reden könne. Der erfahrene Polizeioberkommissar gab kurz und konzentriert einen Bericht mit den wesentlichen Fakten.

„Bei dem Haus Mönchstwiete 12 handelt es sich um ein altes Haus, in dem der Anrufer Timo Wöllner allein mit seiner Frau Ellen lebt, äh, lebte. Wir haben Herrn Wöllner hier angetroffen. Sonst ist keine weitere Person anwesend. Herr Wöllner sagt, er sei heute Abend unterwegs gewesen und erst um halb zwölf nach Hause gekommen. Ellen, seine Ehefrau, sei weder im Wohn- noch in ihrem Schlafzimmer gewesen. Also habe er sie im Haus gesucht und im Keller tot aufgefunden. Er vermutet einen Raubüberfall. Denn seine sehr wertvolle Goldmünzsammlung ist nicht mehr im Sicherheitsfach des Wohnzimmerschranks."

„Was macht Herr Wöllner für einen Eindruck?", wollte Landau noch wissen. Jochen Sand senkte seine Stimme und fuhr leise fort: „Der ist sehr ruhig, auffällig gefasst, wenn du mich fragst. Alkohol spielt hier keine Rolle. Aber irgendwie verhält der sich merkwürdig, der Typ."

„Wie meinst du das?"

„Naja, beide Ehepartner sind vierzig Jahre alt, kinderlos und über zehn Jahre verheiratet. Wenn da die Frau ermordet wird, dann reagiert der Mann doch irgendwie emotional. Aber nichts, der Wöllner erzählt ganz nüchtern und trocken. Keine Trauer, keine Aufregung."

Landau nahm diesen Hinweis zwar auf, wusste jedoch, dass das von Sand geschilderte Verhalten des Ehemannes nicht unbedingt etwas zu bedeuten hatte. Für Angehörige von Mordopfern gibt es kein typisches Verhaltensmuster.

„Jochen, einen kleinen Augenblick dauert's noch, dann sind wir vor Ort. Bis dann", beendete Landau das Gespräch. Er entschied sich, zunächst gemeinsam mit Lukas Grote und Kriminaltechniker Hans Gerlach zum Tatort zu fahren, um erste Feststellungen und Maßnahmen zu treffen. Weitere Kollegen könnten dann in den Morgenstunden nachrücken.

Die Mönchstwiete ist eine kleine, schmale, gepflasterte Querstraße am Rand des Stadtkerns. Sie verbindet die Klosterallee mit der Hauptstraße, die in Richtung Autobahn führt. Die Backsteinhäuser stammen sämtlich aus der Vorkriegszeit und stehen auf eher kleinen Grundstücken dicht nebeneinander. Das Haus Nr. 12 hat rechts eine etwas breitere Auffahrt zum hinteren Teil des Grundstücks. Als Christian Landau mit seinem Kollegen Lukas Grote den Einsatzort erreichte, fuhr gerade der Notarztwagen von der Auffahrt und machte Platz für den Kripo-Passat. Ein Stück weiter vorn standen bereits ein Streifenwagen und ein dunkler Ford Focus auf der Auffahrt, die von einem am Haus befindlichen Strahler gut ausgeleuchtet wurde. An der rechten Hausseite befand sich auch die Eingangstür, in der Jochen Sand stand und die Kripo-Kollegen erwartete. Dem Passat Landaus folgte der blaue Mercedes Vito der Kriminaltechnik, den Hans Gerlach lenkte. Er stellte den Dienstwagen halb auf dem Fußweg vor dem Haus ab, so dass die schmale Straße für den übrigen Fahrzeugverkehr passierbar war. Gerlach war nicht allein. Seine Kollegin Clarissa Scheunemann war mitgekommen. Während Gerlach und Scheunemann ihre weißen Spurensicherungs-anzüge überstreiften, besprachen Landau und Grote mit Jochen Sand die Lage vor dem Haus.
„Wo ist denn Herr Wöllner?", wollte Landau wissen. Er hatte vor, den Ehemann der Toten ausgiebig zu befragen.
"Der ist mit Erich Ruhländer zusammen im Wintergarten hinten am Haus", antwortete Jochen Sand und sah dann den skeptischen Blick von Lukas Grote. Sand konnte Grotes Gedanken erahnen, erklärte dazu jedoch: „Ich weiß, es soll sich keiner in einem Tathaus aufhalten. Aber als wir ankamen, da war die Haustür offen und Wöllner saß im Wintergarten dort, wo er jetzt noch sitzt. Er hat sich da

nicht weggerührt. Weitere Personen wohnen nicht in diesem Haus. Das Ehepaar Wöllner ist kinderlos."

Bevor Landau mit sich Wöllner befassen wollte, bat er Lukas Grote, zusammen mit den Technikern die Arbeit im Keller des Hauses zu machen, also die Auffindesituation genau aufzunehmen. Grote nickte und zog sich seinen weißen Papieroverall über, um im Keller selbst keine Spuren zu legen. Von dort kam schon Hans Gerlach. Er hatte mit seiner Digitalkamera erste Aufnahmen gemacht und zeigte sie Landau, damit dieser eine Vorstellung von der Lage im Keller erhielt. Landau betrachtete die Aufnahmen schweigend. Er sah eine leblose Frau in Rückenlage inmitten des Kellerflures in einer riesengroßen Blutlache. Beide Beine waren ausgestreckt, beide Arme seitlich vom Körper abgewinkelt, beide Hände im Blut auf dem Fußboden. Die tote Frau trug Jeans und einen dünnen, weißen Pullover, der mitten auf der Brust rötlich durchtränkt war. Hier befand sich ein kreisrundes Loch im blutigen Bereich. Der Pullover war hochgeschoben, offensichtlich von dem vor Ort gewesenen Notarzt, der Reanimierungsversuche gar nicht erst begonnen hatte. Der Kopf der Frau war nach rechts geneigt, beide Augen geöffnet. Aus dem leicht offenen Mund verlief eine rötlich-wässrige Rinnspur nach rechts.

„Ein Schuss?", fragte Landau. Gerlach nickte. „Okay, dann macht mal. Ich kümmere mich um den Ehemann."

Jochen Sand räusperte sich nun. „Wenn du mit Wöllner sprichst, können wir dann los?"

Landau zögerte einen Augenblick, stimmte dann aber zu, dass die uniformierten Kollegen den Ereignisort verlassen konnten. „Aber schreibt gleich einen ausführlichen Bericht. Die ersten Eindrücke sind wie immer sehr wichtig."

Als Landau kurz darauf durch den Garten in den Wintergarten ging, bekam auch er einen ersten Eindruck von dem Mann, der an diesem Abend seine Ehefrau verloren hatte. Nichts, aber auch gar nichts an dem Ehemann deutete darauf hin, dass dieses Gewaltverbrechen bei ihm irgendwelche Spuren hinterlassen hatte. Timo Wöllner wirkte auf Landau äußerst entspannt, als er ihn ruhig eine Filterzigarette rauchend in einem braunen

Rattanschaukelstuhl sitzend im Wintergarten antraf. Erich Ruhländer, der seitlich von ihm in einem Gartensessel saß, erhob sich und verließ den Wintergarten. Der kräftige Wöllner, bekleidet mit schwarzen Jeans, grünem T-Shirt und dunkler Lederweste, bedeutete Landau mit einer Geste, in einem Sessel Platz zu nehmen. Das kurze, dunkle Haar und der dunkle Dreitagebart passten zu dem düsteren Gesichtsausdruck des Mannes, der sich in den folgenden Minuten nicht änderte.

Wenn Christian Landau sonst mit Opferangehörigen sprach, so war es dem Kripomann immer ein Bedürfnis, dem Angehörigen beim Erstkontakt sein Bedauern über den Verlust dazulegen. Das gehörte nach Landaus Meinung einfach dazu und war ein Gebot des Respekts. Dieses Gefühl hatte Landau Timo Wöllner gegenüber überhaupt nicht. Nicht im Geringsten. Daher verzichtete er auf die kondolierenden Worte zu Beginn des Gesprächs. Sie wären nicht aufrichtig gewesen. Landau kam gleich zur Sache.

Timo Wöllner sah den Kripo-Ermittler direkt an, als er berichtete. Kein nervöses Zucken, kein Flackern in den Augen. Ruhig und für Landau fast zu gelassen schilderte er den Ablauf des vergangenen Tages und des Abends. So erfuhr Landau, dass der selbstständige Energieberater tagsüber in Klosterhausen auf insgesamt drei Baustellen im Neubaugebiet Erlengrund Ortstermine wahrgenommen haben will. Gegen 18.00 Uhr sei Wöllner kurz zu Hause gewesen, um sein Notebook in seinem Arbeitszimmer an die Ladestation anzuschließen. Anschließend habe er das Haus wieder verlassen, um den Abend wie so oft gemeinsam mit seiner Freundin Nadine Rose in deren Wohnung zu verbringen. Wöllner bemerkte den kritischen Blick Landaus, als er von seiner Freundin sprach. Als wäre es eine Selbstverständlichkeit, behauptete er, dass seine Frau über das Verhältnis mit Nadine im Bilde gewesen sei. Seine Ehe mit Ellen, einer Lehrerin an der Berufsschule in Klosterhausen, sei seit Jahren eher eine Wohngemeinschaft, in der jeder Partner seine eigenen Wege gehe. Es habe wegen seiner Freundin keine Probleme zu Hause gegeben, man habe sich gegenseitig geachtet und respektiert. Keiner der Ehepartner habe darauf gedrungen, eine Scheidung herbeizuführen. Wöllner schlafe immer in seinem

Arbeitszimmer im oberen Stockwerk. Er habe am späten Abend nach seiner Rückkehr seine Frau gesucht, weil der Fernseher im Wohnzimmer eingeschaltet gewesen sei.

Timo Wöllner wiederholte, dass er einen Raubüberfall auf seine Frau vermute, denn im Wohnzimmerschrank sei das Wertfach geöffnet gewesen. Es fehle eine flache Metallkassette mit Goldmünzen im Wert von mindestens zwanzigtausend Euro.

Christian Landau musste keine Zwischenfragen stellen. Timo Wöllner erzählte ausführlich und bemerkenswert sachlich. Am Ende des Berichts fragte er dann aber doch. „Herr Wöllner, haben Sie hier im Haus oder sonst wo eine Schusswaffe?" Wöllner stutzte für einen kleinen Moment, antwortete dann kopfschüttelnd; „Wir haben keine Waffen. Nicht hier im Haus oder sonst wo."

Im weiteren Gespräch erfragte Landau, ob Ellen Wöllner selbst eine außereheliche Beziehung gehabt habe oder wer überhaupt als Besucher des Hauses infrage käme. In seinen Antworten darauf ließ Timo Wöllner offen, ob seine Frau ein Verhältnis gehabt habe. Er wisse davon jedenfalls nichts. Auch habe er keine Vorstellung, wer seine Frau am Abend aufgesucht haben könnte. Er gehe davon aus, dass Ellen den Besucher selbst ins Haus gelassen habe, die Haustür sei bei seinem Erscheinen ins Schloss gezogen gewesen. Landau fand die Schilderung in sich schlüssig, dennoch kam ihm die gesamte Situation fremd vor. So hatte er noch nie einen Angehörigen eines Mordopfers erlebt. So entspannt und unaufgeregt, so ganz ohne Emotion. Landau konnte sich vorstellen, dass Wöllner so über seine berufliche Tätigkeit reden würde. Aber über den letzten Tag im Leben der Ehefrau? Über die Eindrücke beim Auffinden der Toten im Keller? Für diesen Hintergrund war Wöllner eindeutig zu sachlich.

Das änderte sich nur ganz wenig, als Lukas Grote im Wintergarten erschien und Landau herausbat. „Die Rote muss dir etwas zeigen, es ist wichtig", sagte Grote und bedeutete seinem Chef, dass er solange bei Wöllner bleiben würde. Timo Wöllner reagierte irritiert, als er hörte, dass die Rote etwas Wichtiges zeigen wolle. Er wusste ja nicht, dass die rothaarige Spurensicherungsbeamtin Scheunemann gemeint war. Aber was konnte sie Wichtiges zeigen?

Wöllner wippte nervös mit seinem Schaukelstuhl, als Landau ins Haus ging, Lukas Grote in seinem weißen Papieranzug auf einem Gartensessel Platz nahm und ihn wortlos fixierte. Nach wenigen Minuten kehrte Landau in den Wintergarten zurück. Sein Gesicht war bedrohlich ernst, als er sich vor Wöllner hinstellte und betont förmlich erklärte: „Herr Wöllner, ich nehme Sie hiermit vorläufig fest. Sie stehen im Verdacht, ihre Ehefrau getötet zu haben."

*

Bis morgens um vier dauerten die Versuche Christian Landaus, Timo Wöllner dazu zu bewegen, ein Geständnis abzulegen. Im Vernehmungsraum des 1. Kommissariats war es phasenweise mucksmäuschenstill, als Landau dem Ehemann von Ellen Wöllner die wichtigen Fakten vorhielt. Lukas Grote saß ruhig daneben. Die Rollen waren so verteilt, dass Landau das Gespräch führte.

Zuvor hatte Wöllner versucht, seinen Rechtsanwalt Henry Cramer zu erreichen. Mitten in der Nacht war dies jedoch nicht gelungen, Cramer hatte die Rufumleitung von seiner Praxis nicht eingestellt. Deshalb hatte Wöllner auf den Anrufbeantworter gesprochen und dann gesagt, dass er ohne Anwalt keine Angaben mehr machen würde, was Landau jedoch nicht davon abhielt, dem Festgenommenen Fragen zu stellen und Vorhalte zu machen. Vielleicht würde es ihm gelingen, Wöllner zu einer Spontanäußerung zu provozieren.

Bei der erkennungsdienstlichen Behandlung sah er den Beschuldigten zunächst minutenlang schweigend an, näherte sich seinem Kopf und entdeckte unter dem linken Ohrläppchen eine gut zwei Zentimeter lange, sehr dünne oberflächliche Schürfverletzung, die bei normalen Lichtverhältnissen kaum sichtbar war. In dem sehr gut beleuchteten Raum des Erkennungsdienstes jedoch schon. „Was ist das für eine Verletzung, Herr Wöllner?" Dabei deutete Landau mit seinem rechten Zeigefinger auf die Stelle unter dem Ohrläppchen.

Unbeeindruckt antwortete Wöllner. „Nassrasierer. Passiert leider immer wieder."

Landau bat Hans Gerlach, der die erkennungsdienstliche Behandlung durchführte, die Schürfspur fotografisch zu dokumentieren. Dann wandte er sie wieder an Wöllner.

„Sie haben erzählt, dass eine schmale Metallkassette mit Goldmünzen aus dem Wertfach im Wohnzimmer fehlt. Ist das richtig?"

Wöllner schluckte trocken, schlug beide Arme über Kreuz vor, sein Blick traf nur sehr kurz den des Kripomannes.

„Herr Wöllner, Sie haben erzählt, dass sich keine Waffe in ihrem Haus befindet. Ist das richtig?"

Ein eher verächtlicher Blick zu Landau war Wöllners Reaktion. Er schwieg.

„Herr Wöllner, in der Abseite neben ihrem Arbeitszimmer lag unter einem Teppich ein Aktenkoffer. Wollen Sie dazu etwas sagen?"

Timo Wöllner strich sich mit dem rechten Daumen und Zeigefinger über sein Kinn und sagte nichts.

„In dem Koffer war eine Metallkassette mit Goldmünzen. Sind das die Münzen aus dem Wertfach?"

Leises Räuspern des Festgenommenen.

„In dem Koffer war ein Smith & Wesson Revolver, Kal, 357. Wollen Sie etwas dazu sagen?"

Wiederholtes Räuspern.

„In der Trommel des Revolvers stecken fünf Patronen und eine leere Patronenhülse…."

Wöllner senkte seinen Kopf blickte auf den Fußboden.

„In dem Koffer waren weiße Baumwollhandschuhe…"

Wöllner schüttelte seinen Kopf.

„Was glauben Sie, wessen DNA wir an den Handschuhen finden werden?"

Wöllner hob seinen Kopf. „Ich bin müde. Ich möchte jetzt schlafen."

*

Kai Gellert maulte, als er morgens kurz nach sieben Uhr das 1. Kommissariat betrat. Er war nicht der erste im Büro, Lukas Grote und Christian Landau saßen beim Kaffee im Besprechungsraum. Sie waren nicht mehr nach Hause gegangen, als sie Timo Wöllner gegen fünf Uhr in die Gewahrsamszelle des Polizeireviers gebracht hatten.

23

„Wir hatten einen neuen Einsatz?", stellte Gellert lakonisch fest und zeigte deutlich seine Enttäuschung, dass er nicht alarmiert worden war. Während Grote nur müde nickte und sich im Sitzen streckte, räusperte sich Landau und sagte dann: „Ja, es ist richtig, wir waren heute Nacht unterwegs und ich habe mir sehr wohl überlegt, ob das gesamte 1. K ausrücken soll." Bevor er seine Entscheidung nun erklärte, wartete er einige Augenblicke, denn Martina Bell und Claudia Kaufmann waren ebenfalls gerade erschienen und schauten irritiert auf ihren Chef.

„Wie gesagt, zunächst sind nur Lukas und ich mit der Kriminaltechnik in den Einsatz gefahren. Das war auch gut so, denn heute ist noch allerhand zu tun, was wir in der Nacht ohnehin nicht alles hätten erledigen können", fuhr Landau fort und fand: „Gut ist aber, dass wenigsten ihr ausgeschlafen habt und fit seid."

„Naja", meinte Claudia Kaufmann, „fit ist etwas anderes, gestern ging es ja auch schon bis in die Puppen." Obwohl Claudia schon etliche Jahre im Kommissariat war, erging es ihr immer noch so, dass sie nach einem langen, anstrengenden Arbeitstag abends nicht gleich abschalten konnte. Und der Tag gestern hatte es in sich gehabt. Obwohl Ben Sommer sehr schnell gefasst worden und auch geständig gewesen war, so hatte Claudia Kaufmann am PC alle Hände voll zu tun gehabt, um die von den Kollegen diktierten Berichte und Vermerke zu Papier zu bringen und auch das EDV-Bearbeitungsprogramm für diesen Fall entsprechend zu füttern. Und nun es war gut, dass die Ergebnisse vom Vortag schon zu Papier standen und in der EDV verarbeitet waren, so würde durch den neuen Fall kein Arbeitsstau entstehen.

Martina Bell, doch um etliche Jahre jünger als Claudia, wollte sich dem Gejammer nicht anschließen und frotzelte: „Okay, Claudia, in deinem Alter steckst du das eben nicht mehr so weg." Dann schaute sie frech auf die beiden übernächtigten Hauptkommissare und legte noch eins drauf. „Und ihr solltet auch ein wenig mehr auf euch achten. Schaut euch mal an. Da glaubt man doch nicht, dass ihr noch nicht in Pension seid", behauptete sie und lachte die von Kai Gellert ausgelöste miese Stimmung einfach weg.

„So, dann ist ja alles gesagt", beendete Christian Landau die bisherigen Meinungsäußerungen und berichtete nun in allen Einzelheiten von den Ereignissen der vergangenen Nacht, auch von den wichtigen Feststellungen, die ihm Kriminaltechniker Gerlach bezüglich des vermutlichen Tat- und Todeszeitpunktes mitgeteilt hatte. Dies sei aufgrund der gemessenen Leichentemperatur sehr wahrscheinlich am frühen Abend gewesen. Dann erwähnte er die noch ausstehenden Arbeiten, die er zuvor mit Lukas Gote zusammen aufgelistet hatte. Während er sich mit Claudia Kaufmann zusammen um die Zusammenstellung der Ermittlungsakte kümmern und vorbereiten wollte, dass der Verdächtige Timo Wöllner noch an diesem Tag dem Amtsrichter vorgeführt werden konnte, sollten sich Martina Bell und Kai Gellert mit Nadine Rose befassen. Schließlich war der Tatverdächtige angeblich am Abend der Tat bei ihr gewesen.

Für Lukas Grote bestand die weitere Tätigkeit darin, die Obduktion des Verbrechensopfers beim Staatsanwalt und Rechtsmedizin anzuschieben und auch dabei anwesend zu sein, um die Ergebnisse hinsichtlich der Todesursache und möglicher Verletzungen unmittelbar zu erlangen.

*

Punkt acht Uhr war er da. Henry Cramer war zunächst auf der Polizeiwache erschienen. Dort verwiesen ihn die Beamten an Christian Landau, der sich über das Auftreten dieses Anwalts nicht wunderte. Er kannte ihn seit langem, es waren jedes Mal unangenehme Begegnungen gewesen. Als der knapp vierzigjährige Anwalt in der Tür zu Landaus Büro stand, da war klar, dass sich daran auch an diesem Tag wohl kaum etwas ändern würde. Die dunkel getönten, verschmierten Brillengläser des Mannes verhinderten nicht, dass Landau nahezu feindselig wirkende Blicke auf sich wahrnahm. Der nicht gerade gepflegte Dreitagebart, die ungekämmten, strähnigen, blonden Haare, der abgewetzte schwarze Lederblouson und die erhebliche Gebrauchsspuren aufweisende blaue Jeanshose zeigten, dass Cramer nicht viel Wert auf sein äußeres Erscheinungsbild legte. So und nicht anders kannte Landau ihn, und manchmal war ihm der

Gedanke gekommen, dass Cramer absichtlich so auftrat, um ja keine Sympathien aufkommen zu lassen. „Ich will sofort meinen Mandanten sprechen", forderte er lautstark und seine gelblichen Zähne bleckten.

Christian Landau befand sich allein in seinem Büro. Er hatte kurz zuvor telefonisch von der Wache erfahren, dass Rechtsanwalt Cramer auf dem Weg zu ihm sei. Höflich sagte er: „Guten Tag. Und wer sind Sie?"

Cramer stutzte nur einen Augenblick, dann schimpfte er: „Na, Sie kennen mich doch, lassen Sie das Spielchen."

„Ach, wissen Sie", entgegnete Landau, dessen Laune aufgrund des fehlenden Schlafs nicht zum Besten bestellt war, „grüßen kann man schon, so viel Zeit muss sein." Dann wartete er einen Moment. Er hatte sich dazu entschlossen, den unhöflichen Anwalt nun mit Formalien zu reizen. „Wie heißt denn der Mandant?"

„Auch das wissen Sie, es ist Herr Wöllner. Den haben Sie doch festgenommen", polterte Cramer und gestikulierte wild mit seinem rechten Arm in Richtung Landaus.

„Ach, den meinen Sie, ja, der sitzt in der Zelle. Natürlich können Sie Herrn Wöllner sprechen. Selbstverständlich."

Henry Cramer trat einen Schritt in Landaus Büro und fragte mit schneidenden Worten: „Und was werfen Sie meinem Mandanten vor?"

„Timo Wöllner steht in dringendem Tatverdacht, gestern seine Ehefrau getötet zu haben", war die nüchterne Antwort. Landau blickte dabei nicht auf.

„Welche Beweise wollen Sie denn gegen ihn haben?" Der Ton war immer noch schneidend.

Landau war nicht gewillt, das Gespräch mit dem Anwalt fortzusetzen. „Diese Frage kann Staatsanwalt Dr. Jahn beantworten, wenn er nachher die Ermittlungsakte von mir bekommen hat. Sie können auch Herrn Wöllner fragen. Ich habe ihm heute Nacht erzählt, was alles gegen ihn spricht."

Henry Cramer winkte ab und schüttelte wütend den Kopf. „Dann möchte ich jetzt sofort mit Herrn Wöllner sprechen", forderte er schnaubend.

„Dann gehen Sie nun wieder in die Wache und warten dort einen kleinen Moment. Ein Kollege von mir wird Herrn Wöllner holen und Sie können in der Besucherzelle mit ihm sprechen", beendete Landau das Gespräch, wandte sich zunächst den schriftlichen Unterlagen auf seinem Schreibtisch zu, sah dann doch noch auf zu dem an der Bürotür verdutzt wirkend stehenden Anwalt und ergänzte: „Ach so, der Termin für die Vorführung Wöllners beim Haftrichter dürfte irgendwann heute Nachmittag sein. Sie werden rechtzeitig über den genauen Termin informiert."

*

Der weitere Ablauf war dann wie in vielen anderen Mordfällen des 1. Kommissariats. Am Vormittag erfolgte in der Pathologie des Krankenhauses die Obduktion des Mordopfers. Die Todesursache war eindeutig der sofort tödliche Schuss ins Herz aus relativer Nähe. Als Tatwaffe kam der im Haus sichergestellte Smith&Wesson-Revolver, Kal. 357, infrage. Das im Keller des Hauses sichergestellte Projektil hatte den Körper von Ellen Wöllner durchschlagen und war in einem hölzernen Regalpfosten steckengeblieben. Todes- und damit auch Tatzeitpunkt sei fünf bis sechs Stunden vor den Messungen des Kriminaltechnikers Hans Gerlach, also nach 18.00 Uhr am Vortag.

Die Befragung der Freundin des Tatverdächtigen ergab keine wesentlich taterhellenden Aufschlüsse. Demnach sei Timo Wöllner gegen zwanzig Uhr bei Nadine Rose erschienen, sie bewohne ein schickes Appartement am Klosterplatz mit Blick auf den Klosterpark. Man habe vom Italiener nebenan Pizza nach Hause bestellt und gemeinsam gegessen, anschließend hätte man sich am PC auf Youtube Gold Play mit der „A head full of dreams-tour" angesehen. Timo Wöllner sei ganz normal wie immer gewesen.

*

Für Amtsrichter Bolten war der Fall klar. Zu viele Punkte sprachen dafür, dass Timo Wöllner derjenige war, der als Tatverdächtiger infrage kam. Rechtsanwalt Henry Cramer hatte sich beim Haftrichter sehr stark für seinen Mandanten ins Zeug gelegt. Während Timo Wöllner beim Richter auf Anraten seines Anwalts schwieg, behauptete Cramer für ihn, die Kriminalpolizei habe von vornherein einseitig seinen Mandanten als Tatverdächtigen gesehen und andere

Ermittlungsrichtungen überhaupt nicht in Betracht gezogen. Der sichergestellte Revolver und die Goldmünzen seien von einem Unbekannten im Haus versteckt worden, um den Verdacht auf den Ehemann der Getöteten zu lenken. Richter Bolten sah die Sache anders, zumal der anwesende Kripo-Ermittler Lukas Grote noch morgens bei der Waffenbehörde nachgefragt hatte, ob der Revolver dort registriert sei. Das eindeutige Ergebnis war sehr spät, nämlich kurz vor dem Termin beim Richter, fernmündlich mitgeteilt worden. Ein entsprechender Vermerk war dann nicht mehr geschrieben und zur Akte gegeben worden. Es stellte die Behauptungen von Anwalt Cramer auf den Kopf. Und der reagierte extrem wütend, als er hörte, dass die vermeintliche Tatwaffe unter anderem auf den Vater des Tatverdächtigen eingetragen war. Der verwitwete Vater war Hobbyschütze im Klosterhausener Schützenverein gewesen und drei Wochen zuvor verstorben, eine Umschreibung der Waffen sei bisher nicht erfolgt. Also ging Staatsanwalt Dr. Jahn davon aus, dass jemand aus dem Umfeld des Vaters in den Besitz der Tatwaffe gelangt sei. Nichts läge näher, als dass dies Timo Wöllner als einziger Sohn selbst gewesen sei. Dieser logisch nachvollziehbaren Annahme hatte sich Richter Bolten angeschlossen. Die rüpelhaften Äußerungen von Henry Cramer über die angeblich hinterhältigen Ermittlungsmethoden der Polizei berührten ihn nicht. Timo Wöllner wurde in Untersuchungshaft genommen, und zwar wegen des dringenden Tatverdachts, seine Frau Ellen Wöllner am frühen Abend des Vortages ermordet zu haben.

3.
Es stank aufdringlich. Fast ausschließlich wurden hier selbstgedrehte Zigaretten geraucht. Die lediglich mit vier Holzstühlen und einem einfachen Tisch eingerichtete Vernehmungszelle der JVA Klosterhausen hatte den Gestank voll angenommen und gab sie an jeden Besucher unverfälscht weiter. Kai Gellert, sportlicher Nichtraucher, brannten schon die Augen, während er auf Ben Sommer wartete, als dieser von zwei Justizbeamten aus seiner Gefängniszelle zu ihm geführt wurde. Gellert hatte von Christian Landau am Morgen den Auftrag erhalten, Sommer noch einmal ausführlich zu seinen Freunden und

Bekannten zu befragen, um letztlich Hinweise auf die Persönlichkeit des Tatverdächtigen zu bekommen. Zwar war Gellert überrascht, dass er die Befragung alleine durchführen sollte. Aber in dem zweiten Mordfall waren noch sehr viele andere Arbeiten zu erledigen, hatte Landau erläutert. Den Mordfall an Rainer Sasse sollte Gellert federführend bearbeiten. Diese Entscheidung machte den jungen Kriminalkommissar stolz. Es war der erste Mordfall, den er als Sachbearbeiter zur Endbearbeitung zugeteilt bekommen hatte. Ben Sommer grüßte freundlich, als er auf Gellert traf. Ihm schien der ungewohnte Aufenthalt als Untersuchungshäftling in der JVA nichts auszumachen. Er verhielt sich so, als habe er gerade eben einen alten Bekannten getroffen. Auffällig war, dass er den jungen Kripomann gleich duzte. Kai Gellert dachte sich nicht viel dabei und fand es nicht schlimm. Vielleicht würde es das Gespräch fördern, wenn man sich, sozusagen unter fast Gleichaltrigen, mit dem vertraulichen „Du" ansprach. Also duzte er Ben Sommer auch. „Na, wie hast du die erste Zeit hier erlebt?", wollte Gellert wissen.

„Ach", entgegnete Sommer, „alles halb so wild. Die Beamten sind sehr freundlich, das Essen ist okay, ich kann im Fitnessraum Sport machen. Man kann es gut aushalten hier. Und seit gestern Abend bin ich nicht mehr allein in meiner Zelle. Da muss ich keine Selbstgespräche führen."

„So, wen hast du denn als Zellennachbarn bekommen?"

„Der hat auch einen umgebracht. Timo heißt er. Er ist so ganz in Ordnung. Aber man darf ihn nicht auf seine Geschichte ansprechen, da ist er ganz empfindlich."

Kai Gellert wurde neugierig und hakte nach. „Wieso darfst du ihn nicht auf seine Sache ansprechen?"

„Naja", antwortete Sommer, „Timo sagt, dass er seine Frau nicht totgemacht hat. Das war ein anderer, sagt er."

„Ach, sagt er das?" formulierte Gellert spitz. „Der Timo muss es ja wissen. Wir haben da aber ganz andere Informationen", machte er sich wichtig.

Nun war es Ben Sommer, der neugierig wurde. „Habt ihr mit Timos Fall auch zu tun?", fragte er den Kripomann.

„Na klar haben wir das. Wir sind ja schließlich die Mordkommission." Gellert bewegte bei diesen Worten bedeutungsvoll seinen Kopf langsam hin und her. Bevor er zum eigentlichen Ansinnen seines heutigen Besuches kam, stellte er eine Frage, die er vorher besser mit seinem Chef besprochen hätte.

*

Landau war wenig begeistert, als er sich am Nachmittag den Bericht von seinem jüngsten Mitarbeiter anhörte. War es doch nicht so eine gute Idee gewesen, Kai Gellert allein in die JVA zu schicken? Aber sonst hätte die Gefahr bestanden, dass Sommer, beeinflusst durch Mithäftlinge, seine Aussagebereitschaft nicht mehr aufrechterhalten hätte. Landau wusste, das Allererste, was ein neuer Untersuchungsgefangener in der Haft erfuhr, waren die tollen Ratschläge anderer Häftlinge. Nachdem der Grund für die U-Haft erfragt worden war, gab es häufig Hinweise auf die Qualität von Rechtsanwälten, die es mit ihrem Können angeblich leicht schafften, ihre neuen Mandanten zumindest aus der U-Haft „rauszuhauen", oder später im Prozess vor Gericht dafür sorgen würden, wenn nicht einen Freispruch, dann aber zumindest ein mildes Urteil zu erreichen. Landau hatte gehört, dass es einige von solchen Anwälten gab, die über ihre in Haft sitzenden Mandanten für sich werben ließen. Der eine oder andere Koffer „Schwarzer-Krauser-Tabak" war für eine erfolgreiche Anwaltsvermittlung bestimmt auch drin. So war es Landau mehrfach zu Ohren gekommen, dass Henry Cramer bei seinen Mandantenbesuchen in der Haftanstalt nicht davor zurückschreckte, anderen Verteidigern, insbesondere durch Gericht bestellten Pflichtverteidigern, ihre Mandanten durch subtile Informationsstreuung abzuwerben. Dem in der Justiz hoch angesehenen Rechtsanwalt Dr. Theobald Marxen waren in zurückliegenden Jahren schon mehrere Mandanten durch diese merkwürdigen Machenschaften an Henry Cramer verloren gegangen. Und nicht nur der Mandantenklau war Cramer zu unterstellen, er schürte mit gezielten Fehlinformationen bei seinen Mandanten ein Misstrauen gegen die Kriminalpolizei im Allgemeinen und gegen Hauptkommissar Landau und seine Mitarbeiter des 1. Kommissariats in Klosterhausen im Besonderen. So hatte Christian Landau vor einigen Monaten im Rahmen einer

Vernehmung von einem bisher kooperationswilligen Beschuldigten in der JVA erfahren, dass sein neuer Anwalt Cramer ihm geraten habe, keine Angaben bei Landau mehr zu machen, weil Landau und „seine Leute" immer mit falschen Versprechungen lockten, um die Tatverdächtigen später „über den Tisch ziehen" zu können.

Christian Landau sah Kai Gellert sehr ernst an, als er ihm den Grund für sein Entsetzen nannte. „Du kannst doch nicht den Ben Sommer auf seinen Mitgefangenen Timo Wöllner ansetzen und ihm auch noch nicht haltbare Versprechungen machen, wenn er Wöllner Geheimnisse entlockt. So arbeiten wir hier nicht, Kai. Das geht vielleicht einmal gut, aber dann ist der Ruf der Mordkommission zumindest im Knast von Klosterhausen über Jahre versaut."

„Das verstehe ich nicht", begehrte Gellert auf, „ich wollte doch nur, dass der Wöllner mit seinen Lügengeschichten nicht durchkommt. Wenn er da auf geschickte Fragen von Ben antwortet, dann ist er doch selber schuld."

„Sag mal, willst du es nicht begreifen? Du hast mir eben erklärt, dass du dich über Sommer vor Gericht nur positiv äußern willst, wenn er bei Wöllner etwas Belastendes für dessen Tat rauskriegt. Geht's noch?", entgegnete Landau erbost und nun im Ton sehr viel lauter. „Das ist nicht die Art, wie wir hier arbeiten. Wir sind kein Geheimdienst. Wir halten uns an die Regeln der Strafprozessordnung. Punkt."

Das Gespräch endete mit der Entscheidung Landaus, dass Kai Gellert die weiteren Ermittlungen im Fall Sasse nicht mehr alleine führen durfte, was insbesondere seine Kontakte zum Untersuchungshäftling Ben Sommer betraf. Gellert war tief enttäuscht. Er hatte gedacht, für seine Idee von seinem Chef gelobt zu werden. Das Gegenteil war der Fall.

*

Sandra Wellinghaus weinte hemmungslos. Der mit einem dunkelgrauen Hosenanzug elegant gekleideten schlanken Frau mit der blonden Kurzhaarfrisur konnte man ansehen, dass sie in echter Trauer war. Am Morgen hatte sich die Nachricht wie ein Lauffeuer im Lehrerzimmer verbreitet, dass ihre gleichaltrige Kollegin und beste Freundin tot war.

Hermann Schütte, ein Nachbar in der Mönchstwiete und Hausmeister in der Berufsschule hatte nachts alles verfolgt. Er hatte den mit Blaulicht anrückenden Streifenwagen und die nach und nach eintreffenden zivilen Polizeiwagen beobachtet. Nachts gegen drei Uhr war er extra zur Auffahrt des gegenüberliegenden Hauses gegangen, hatte den gerade eingetroffenen Bestatter gefragt, was denn passiert sei und erfahren, dass dort die Bewohnerin tot aufgefunden worden sei. Dann hatte er sich selbst zusammengereimt, dass es sich bei der Toten nur um die Lehrerin Ellen Wöllner handeln könne, zumal deren Ehemann kurz zuvor mit auf dem Rücken gefesselten Händen von zwei zivil gekleideten Männern in einem dunklen Passat mitgenommen worden war.

Sandra Wellinghaus war am Morgen nicht mehr in der Lage gewesen, ihren Berufsschülern Unterricht zu erteilen. Bestürzt hatte sie bei der Kripo angerufen und war mit Oberkommissarin Martina Bell verbunden worden, die ihr die schlimme Nachricht bestätigt und gesagt hatte, dass die Kripo noch auf sie zukommen werde.

Jetzt saß sie vor dem Schreibtisch der Kriminalbeamtin. Martina Bell hatte ihr gerade ein Päckchen Tempo-Taschentücher gegeben, Sandra Wellinghaus hatte die wenigen eigenen bereits aufgebraucht. Die Tränen flossen in Strömen, als sie immer schluchzend wiederholte: „Ich kann es nicht fassen. Ich kann es nicht glauben, dass Ellen tot ist."

„Wie lange kennen Sie sich, Frau Wellinghaus", wollte Martina Bell von der Zeugin wissen. Es hatte sich herausgestellt, dass Sandra Wellinghaus die Person war, die wahrscheinlich am meisten über die internen Verhältnisse des Ehepaares Wöllner aussagen konnte. Von der Familie lebte nur die Mutter des Opfers, doch die war demenzkrank und in einem Elmshorner Pflegeheim untergebracht. Der alleinstehende Vater des Tatverdächtigen war erst kürzlich gestorben, Geschwister gab es keine, weder auf Seiten von Ellen noch auf der von Timo Wöllner. Zu den Nachbarn hatten die Wöllners keine intensiven Beziehungen gepflegt. So war es gekommen, dass Martina Bell noch mittags mit der Zeugin Wellinghaus Kontakt aufgenommen und sie zur Dienststelle gebeten hatte.

„Wir kennen uns schon seit unserer Studienzeit in Kiel",
antwortete Sandra Wellinghaus. „Sie ist meine beste
Freundin, wir erzählen uns alles. Wir hatten uns auch
darum bemüht, dass wir gemeinsam an eine Schule
kommen. Und das hat geklappt. Seit vierzehn Jahren
arbeiten wir nun schon hier in Klosterhausen an der
Schule." Die Zeugin sprach in der Gegenwartsform, was
Martina Bell schon häufig in Gesprächen mit Angehörigen
oder Menschen aus dem nahen Umfeld gerade Verstorbener
festgestellt hatte. "Ellen ist so eine gute Freundin, so ein
toller Mensch, wir verstehen uns blind." Jetzt stockte
Sandra Wellinghaus, und sie schluchzte: „Warum hat Timo
das gemacht? Warum? Es ist so sinnlos!"
Es dauerte einige Minuten, bis die enge Freundin des
Mordopfers weitersprechen konnte. Mittlerweile hatte sie
schon drei weitere Papiertaschentücher verbraucht, um ihre
Tränen abzuwischen. Dann erfuhr Martina Bell
Einzelheiten aus der Ehe, die Ellen Wöllner ihrer Freundin
anvertraut hatte. Vor gut fünf Jahren habe es erste Brüche
im Zusammenleben der Eheleute gegeben. Ellen habe
damals gleich vermutet, dass ihr Mann sie betrüge. Er habe
es jedoch immer wieder abgestritten und ihr seinerseits
vorgeworfen, mit dem Direktor der Berufsschule ein
Verhältnis zu haben. Zu häufig sei sie angeblich bis spät
abends noch in der Schule gewesen, und Herr Böhmer, der
Direktor, habe sich dann am Telefon gemeldet, wenn Timo
Wöllner abends seine Frau erreichen wollte. „Das hat Timo
nur behauptet, um von sich und seinen Eskapaden
abzulenken", kommentierte Frau Wellinghaus wütend und
empört. Dabei schlug sie mit der flachen Hand auf den
Schreibtisch vor sich. „Ellen hat nie und nimmer etwas mit
einem anderen gehabt, aber ihr war es sehr unangenehm,
dass Timo so etwas behauptete. Um in der Schule kein
Aufsehen zu erregen, verschwieg Ellen das Gebaren ihres
Mannes und erzählte nur mir etwas davon. Sie meint, dass
irgendwas immer an einem kleben bleibt, wenn solche
Sachen erst einmal im Umlauf sind. Das wollte sie
vermeiden. Sie hat sich von Timo regelrecht einschüchtern
lassen, fand ich."
„War Trennung nie ein Thema?"

„Doch, als die Geschichte mit der Nadine Rose aufflog, war das ein Thema. Es ist zwei Jahre her. Da wollte Ellen ihren Mann rausschmeißen, sie wollte die Scheidung."

„Und? Warum kam es nicht dazu?"

„Ach, Ellen hat sich von ihm bequatschen lassen, obwohl sie die besseren Karten hatte. Das Haus in der Mönchstwiete gehört ihr allein. Ihre Mutter hatte darin gewohnt und es Ellen vor Jahren überschrieben, bevor sie eine Seniorenwohnung in Elmshorn bezogen hatte und später ins Pflegeheim musste. Timo hat seine Firma für Energieberatung noch nicht so lange und etliche Schulden gemacht, angeblich für teure Messgeräte und Computer. Mit diesen Schulden setzte er Ellen immer wieder unter Druck. Ellen sagte mir einmal, dass sie in einem schwachen Moment so dumm gewesen war, für die Kredite ihres Mannes in Höhe von über vierzigtausend Euro mit einzustehen. Wenn Ellen ihn an die Luft setzen würde, dann würde er sich „arm" machen und sie müsste alles zahlen. Deshalb haben die beiden sich so geeinigt, dass er solange noch im Haus wohnen darf, bis seine Schulden beglichen sind. Angeblich sollte das in drei Jahren soweit sein. Ansonsten würde jeder sein eigenes Leben führen."

„Und das sollte klappen?" Martina Bell ließ ihrem Zweifel freien Lauf und schüttelte den Kopf.

„Das habe ich ihr auch vorgehalten. Das war sehr naiv von Ellen. Aber so ist sie nun mal. Sie will keinen Ärger haben und kann Konflikte überhaupt nicht ab. Sie hat lange Zeit daran geglaubt, dass Timo dann auszieht, wenn die Schulden bezahlt sind. Sie will nur ihre Ruhe haben, und sie will auch nicht, dass man über sie redet."

„Gab es in der letzten Zeit irgendetwas, das zu dem schlimmen Geschehen beigetragen haben könnte?"

„Da fällt mir nur der Tod von Timos Vater ein. Der ist vor drei Wochen plötzlich gestorben. Er hatte eine kleine Eigentumswohnung, und Timo ist der Erbe. Der Vater soll auf seine Wohnung aber sehr viel Geld aufgenommen haben. Wie Timo angeblich erzählte, hat sich der Vater in seinen letzten Jahren ordentlich was gegönnt. Ellen war der Meinung, dass Timo die Wohnung des Vaters als eigene Wohnung nutzen und endlich ausziehen könnte. Davon wollte Timo aber nichts wissen, weil die Wohnung des Vaters zu sehr belastet gewesen sein soll."

„Und hat Ellen sich damit zufrieden gegeben?"

„Sie hat mir vorgestern in der Schule gesagt, dass sie die angeblichen Belastungen der Wohnung prüfen wollte. Sie hat dafür schon einen Termin bei der Bank vereinbart."

„Dann war das Thema ja richtig akut."

„Und ob, Ellen wollte genau wissen, was los war. Sie glaubte ihrem Mann kein Wort mehr. Die beiden haben sich deshalb immer wieder gestritten."

4.

Vier Tage nach seiner Inhaftierung machte Ben Sommer eine äußerst unangenehme Erfahrung im Gefängnis. Wie an den Nachmittagen zuvor, wollte er die Möglichkeit nutzen, sich während der Umschlusszeit in seinem Flurbereich in dem dort befindlichen Fitnessraum zu bewegen. Ben war ganz angetan von den sportlichen Möglichkeiten in dem Raum. Er hatte sich einen kleinen Parcours ausgedacht und wollte zuerst auf dem Laufband, dann auf dem Ergometer jeweils einige Kilometer schaffen und zum Abschluss mit Hanteln trainieren. Er nickte den drei Mitgefangenen zur Begrüßung kurz zu, als er den Fitnessraum betrat, die sahen jedoch auffällig weg und grüßten nicht zurück. Ben ging an das freie Laufband und hatte gerade einige Schritte gemacht, als er plötzlich nichts mehr sehen konnte, weil ihm ein großes Handtuch über den Kopf gezogen wurde. Gleichzeitig verspürte er zwei heftige Faustschläge in die rechte Bauchseite, dass ihm vor Schmerz die Luft wegblieb. „Durchstecken an die Bullen läuft hier nicht", raunte einer der drei Anwesenden. „Das ist gar nicht gut für dich, das Aushorchen vom Kumpel. Gar nicht gut". Diese drohenden Worte hatte ihm ein anderer Mithäftling zugezischt, verbunden mit einem weiteren kräftigen Leberhaken. Durch diesen Schlag ging Ben Sommer in die Knie. Er benötigte einige Augenblicke, um sich wieder sammeln zu können. Diese Zeit nutzten die Drei, den Fitnessraum zu verlassen und sich in ihre Haftzellen auf dem Flur zu begeben. Ben Sommer verwarf nach längerer Überlegung den Gedanken, diesen Angriff den Justizbeamten im Kontrollraum zu melden. Er hätte auch nicht sagen können, um wen genau es sich bei den Angreifern gehandelt hatte. Sein Zellengenosse Timo Wöllner war auf alle Fälle nicht dabei gewesen. Ben Sommer war sich aber darüber im Klaren, dass seine beharrlichen Fragen nach der Tat des Wöllner bei diesem erheblichen Argwohn ausgelöst haben musste und dass Wöllner sich darüber mit anderen Häftlingen ausgetauscht haben dürfte. In den Augen der anderen war Sommer ein Gefangener, der gegen die ungeschriebenen Gesetze des Gefängnislebens verstoßen wollte oder bereits verstoßen hatte. Ein Häftling horcht seine Zellengenossen nicht aus und gibt auch keine Infos aus dem Knast an die Polizei weiter. Diese bittere Lektion hatte Ben Sommer mit schmerzhaften Konsequenzen eindeutig gelernt.

5.
Die personelle Unterstützung des 1. Kommissariats durch andere Dienststellen war kurz nach der Inhaftierung von Timo Wöllner aufgehoben worden. Die Arbeit in beiden aktuellen Mordfällen verlief in den folgenden Tagen routinemäßig. Im Sasse-Fall lag das umfangreiche Geständnis von Ben Sommer von Anfang an vor, es spiegelt sich auch in den weiteren objektiven Daten des Falles wider und ließ den eindeutigen Schluss zu, dass der Tatverdächtige wahrheitsgemäße Angaben hinsichtlich des Tathergangs und des Tatmotivs gemacht hatte. Die psychiatrische Begutachtung Sommers durch Dr. Feininger war bereits von Staatsanwalt Dr. Jahn beantragt und würde in Kürze erfolgen. Hier sah Christian Landau aufgrund seiner langjährigen Erfahrung mit anderen Tatverdächtigen so gut wie keine Ansätze dafür, dass Sommer aufgrund einer psychischen Störung eine verminderte Schuldfähigkeit oder gar eine Schuldunfähigkeit zugebilligt werden könnte. Der Lebenslauf von Ben Sommer war rückhaltlos ermittelt, die ihm nahestehenden Menschen ausführlich als Zeugen vernommen, ärztliche Auskünfte über mögliche Krankheiten, Suchtverhalten, Tabletten- und Drogenkonsum akribisch eingeholt worden. Bei all dem hatten sich keine Auffälligkeiten ergeben. Christian Landau würde wohl sehr verwundert sein, wenn das Urteil des Landgerichts über die Tat des Ben Sommer nicht lebenslang hieße.

Die Seite des Tatverdächtigen war in diesem Mordfall sehr ausführlich ausgeleuchtet worden. Aber wie stand es eigentlich mit der Seite des Mordopfers Rainer Sasse? Er war alleinstehend, nie verheiratet gewesen, hatte keine Kinder. So war es nicht leicht, etwas über das Leben des immer zurückgezogen lebenden Mannes zu erfahren. Es war die Zwillingsschwester Dörthe Sasse, die Landau ermitteln konnte und die in Hamburg-Altona ein ähnlich abgesondertes Leben fristete. Sie hatte seit fast einem Jahrzehnt keinen richtigen Kontakt mehr zu ihrem Bruder gehabt. Dörthe Sasse war vor einem Jahr vorzeitig in Rente gegangen, weil sie ihren Beruf als Kassiererin beim EDEKA-Markt in Altona aufgrund einer Krebserkrankung nicht mehr ausüben konnte. Sie hatte mehrfach versucht, die abgebrochene Beziehung zu ihrem Bruder wieder aufzubauen. Doch der „Eigenbrötler", wie sie ihn bezeichnete, wollte einfach nichts mehr mit Familie und so zu tun haben. Frau Sasse konnte dennoch einiges aus dem Leben ihres Bruders berichten. Der ehemalige Fernfahrer habe seinen Beruf geliebt und viel über seine weiten Touren nach Frankreich und Spanien erzählt. Bis vor zehn Jahren hätten die Zwillinge sich häufiger getroffen, an den Weihnachtstagen und an den gemeinsamen Geburtstagen hätten sie gemeinsam etwas unternommen. Aber dann sei der schlimme Tag gekommen, der im Leben ihres Bruders alles verändert habe. Auf der Autobahn zwischen Hannover und Hildesheim habe es bei dichtem Nebel und Glatteis eine Massenkarambolage gegeben, in die auch Rainer Sasse am Steuer seines LKW verwickelt gewesen sei. Sasse habe seinen 40-Tonner-Truck nicht mehr rechtzeitig zum Stehen bekommen. Der Fiat-Kleinbus vor ihm mit zwei Erwachsenen und vier Kindern an Bord wurde zwischen Sasses LKW und einem voraus fahrenden regelrecht zerquetscht. Sämtliche Insassen des Fiat seien sofort tot gewesen. Der unter schwerem Schock stehende Sasse hatte vergeblich versucht, aus dem Heck des demolierten Kleinbusses ein Kind heraus zu retten. Die Rettungskräfte hatten erhebliche Mühe, Rainer Sasse von dem bereits toten Kind im Fiat wegzuziehen.

Nach dem Unfall sei ihr Bruder nicht mehr derselbe gewesen, habe sich eingeigelt und den Kontakt sogar zu seiner Schwester abgestellt. Den Beruf habe Sasse nicht mehr ausüben können, allein seine Panik beim Anblick einer Autobahn habe das nicht zugelassen. Nach einigen vergeblichen Reha-Aufenthalten war er arbeitslos und konnte seinen bescheidenen Lebensunterhalt als Hartz-IV-Empfänger bestreiten. Dörthe Sasse war überrascht, dass ihr Bruder einen Fremden zu sich in die Wohnung eingeladen hatte. „Der war so viele Jahre allein, das hätte ich wirklich nicht geglaubt. Am Neujahrstag hatte ich ein letztes Mal versucht, ihn zu besuchen. Es war ja unser sechzigster Geburtstag an dem Tag. Aber es hatte sich nichts verändert, Rainer hat mich an der Tür abgefertigt, ließ mich nicht in seine Wohnung. Geh' man wieder. Ich hab' nichts zu feiern. Das waren seine Worte. Seitdem habe ich nichts mehr von ihm gehört."

Ein trauriges Leben, fand Christian Landau, als er den Bericht über die Befragung der Zwillingsschwester geschrieben hatte. Und dann so ein Ende.

In dem zweiten Fall waren die so genannten Rundum-Ermittlungen geführt worden, ohne dass die Befragung der Verwandten, Bekannten und Nachbarn weitere Aufschlüsse über die näheren Hintergründe der Tat geboten hätten. Dies war nur durch die Informationen von Sandra Wellinghaus der Fall. Für die Annahme, dass sich die Situation in der Ehe der Wöllners kurz vor der Tat zugespitzt haben dürfte, fanden sich bisher außer der Wellinghaus-Aussage keine weiteren Fakten. Landau konnte sich schon sehr gut vorstellen, wie der keinem Konflikt aus dem Weg gehende Rechtsanwalt Henry Cramer spätestens im Gerichtsprozess die Zeugin Wellinghaus als unglaubwürdig geißeln würde. Es war also noch recht dünn, was einen Tatvorwurf wegen Mordes gegen Timo Wöllner belegen würde.

In einer Besprechung des 1. Kommissariats rund zwei Wochen nach der Tat ging es deshalb auch darum, ob es überhaupt gegen Wöllner sogenannte Mordmerkmale gab. Die alte Kaffeemaschine gab die merkwürdigsten Zisch- und Brodelgeräusche von sich und übertönte damit fast die Unterhaltung im nüchtern, aber funktional eingerichteten Besprechungsraum.

„Tja, es ist schon seltsam. Da passieren zwei Mordfälle in Klosterhausen an einem Tag. Der erste ist so einfach zu klären, dass es einem schon fast unheimlich vorkommt. Und beim anderen Fall sagt mir mein Bauchgefühl, dass hier einer seine Tat sehr gut geplant und nach diesem Plan ausgeführt hat. Aber mit Bauchgefühl können wir vor dem Landgericht nichts werden." Mit diesen Worten leitete Landau die Diskussion ein und schaute fragend in die Runde, nachdem er vorher genervt auf die sehr langsam arbeitende Kaffeemaschine geblickt hatte. Ihm war klar, dass die mindestens zehn Jahre alte Maschine demnächst durch eine neue ersetzt werden musste.

Es war der Jüngste, Kommissar Kai Gellert, der sich spontan äußerte. „So ist das nicht. Da sind auch Fakten wie zum Beispiel die versteckten Goldmünzen und die versteckte Tatwaffe." Wie so oft, wenn Gellert sich ins Zeug warf, dann errötete er im Gesicht, was den anderen in der Runde sofort auffiel. Lukas Grote sah ihn kritisch an, bewegte seinen Kopf hin und her, was in diesem Moment weise und abgeklärt wirkte. „Wie würdest du denn widerlegen, wenn Timo Wöllner irgendwann doch noch eine Aussage macht und behauptet, seine Frau hätte ihn ganz schwer beleidigt und damit so wütend gemacht, dass er letztlich selber überhaupt nicht mehr wusste, was passiert ist. Er habe einfach nur rot gesehen."

„Schutzbehauptung. Das ist nur eine zurechtgelegte Schutzbehauptung", ereiferte sich Gellert nun. „Damit kommt der nicht durch. Das nimmt ihm keiner ab."

„Glaube ich nicht", meinte Martina Bell und verzog leicht ihre Stupsnase bei ihren Worten. „Es kann nämlich dabei rauskommen, dass die Richter einen minder schweren Fall des Totschlags annehmen. Die Strafe dafür liegt zwischen einem und zehn Jahren."

„Genau das meine ich", resümierte Grote. „Da ist es fast unerheblich, ob Wöllner nach der Tat seine Münzen und die Waffe versteckt hat. Entscheidend ist, was vor dem tödlichen Schuss passiert ist." Grote hielt nun einen Augenblick inne und fuhr fort: „So richtig versteckt waren die Sachen doch eigentlich gar nicht. Als Verteidiger würde ich das dilettantische Versteck in der Abseite sogar als

Hinweis dafür nehmen, dass Wöllner kopflos gehandelt hat und von der Tat selbst überrascht gewesen war."

„Das passt hinten und vorne nicht", erwiderte Kai Gellert und hob nun dozierend seinen rechten Zeigefinger. „Ellen Wöllner ist im Keller erschossen worden. Ihr Mann muss die Waffe also mit in den Keller genommen haben. Der rennt doch nicht den ganzen Tag mit einer scharfen Knarre durch die Gegend. Der hatte den Plan, seine Frau zu töten."

Christian Landau hörte der Diskussion interessiert zu. Dabei fiel ihm sein alter Chef ein, der öfter bei passender Gelegenheit ein Aphorismus der Österreicherin Katharina Eisenlöffel zitierte: „Nichts ist so, wie es scheint, die Wahrheit hat viele Gesichter." Diese Lebensweisheit hatte Landau sich im Laufe der Jahre zu eigen gemacht. Zu oft war er überrascht worden, wenn angeblich objektive Fakten in einem Kriminalfall durch eine klitzekleine Information in ein anderes Licht gestellt werden mussten. Und ob diese kleine Information tatsächlich auch zutreffend war, das konnte manchmal nicht mehr verifiziert werden.

Claudia Kaufmann sah ihren Chef nachdenklich an und meinte: „Manchmal ist die sogenannte Wahrheit aber auch nur eine Behauptung eines Verteidigers." Sie spielte auf einen eine Ewigkeit zurückliegenden Mord an einem alten, alleinstehenden Rentner an. Sein Neffe war einige Tat nach der Tat in Verdacht geraten, ihn erstochen und ausgeraubt zu haben. Der Alte hatte nämlich seine Rente nie auf dem Bankkonto gelassen, sondern sich monatlich das Bargeld nach Hause geholt und es dort gehortet. Der tatverdächtige Neffe war am Nachmittag des Tattages in der Nähe der Wohnung des Opfers von Zeugen gesehen worden. Er hatte verwirrt gewirkt und von dem geraubten Geld einige Scheine verloren. Er hat die Tat nie zugegeben, obwohl das von ihm verlorenen Geld eindeutig aus der Wohnung des Opfers stammte und sowohl Opfer- als auch seine Bekleidung gegenseitig Übertragungsspuren aufwiesen und er zudem kein Alibi für die Tatzeit hatte. Aufgrund dieser Indizien und der Beweise war er vom Landgericht wegen Raubmordes zu einer lebenslangen Haft verurteilt worden. Dieses Urteil war von Bundesgerichtshof jedoch wegen Nichtberücksichtigung des spät in der Nacht liegenden Todeszeitpunktes aufgehoben und das Verfahren an das

Landgericht Kiel verwiesen worden. In dem neuerlichen Prozess hatte sich der Angeklagte dann erstmals zu der Tat eingelassen, allerdings über seinen Verteidiger. Der Angeklagte war angeblich an dem betreffenden Nachmittag bei seinem Onkel zu Besuch erschienen, um sich von ihm Geld zu leihen. Dabei sei er in der Wohnung auf einen Verwandten gestoßen, der seinen Onkel offensichtlich erstochen hatte. Der Verwandte habe ihm ein Bündel Geld mit den Worten „Hier, nimm" hingehalten. Er habe das Geld an sich genommen und völlig durcheinander und verwirrt die Wohnung verlassen. Den Namen des Verwandten wolle er nicht nennen.

Claudia Kaufmann war damals bereits im 1. Kommissariat und wusste noch, wie Christian Landau als Sachbearbeiter dieses Falles frustriert von der Kieler Gerichtsverhandlung berichtet hatte. Auch Landau selbst hatte diesen Fall nie vergessen und erinnerte genau, dass er die Version des Angeklagten, die er während seiner Aussage vor dem Landgericht erstmalig gehört hatte, als Verteidigertaktik bezeichnet und dafür vom Vorsitzenden Richter gerügt worden war.

Landau nickte seiner Mitarbeiterin Claudia zu, und als er den anderen erstaunten Kollegen nun von dem Fall erzählte, da spürte er, dass ihn der Frust und die Wut über den Ausgang des Verfahren immer noch nicht losgelassen hatte. „Ich hätte nie geglaubt, dass der Verteidiger mit dieser Geschichte durchkommen würde." Bei diesen Worten konnte man in Landaus Gesicht dessen Emotionen klar erkennen. „Ist er aber tatsächlich", führte er fort, „der Neffe ist vom Mordvorwurf freigesprochen worden. Das glaubt man echt nicht. Allerdings verurteilte ihn das Gericht wegen Hehlerei zu mehr als zwei Jahren Haft ohne Bewährung. Er hatte ja von seinem Verwandten, den er nicht nennen wollte und musste, das geraubte Geld angenommen."

„Das gibt's doch gar nicht", schimpfte Kai Gellert. „Wenn du so eine Geschichte als Krimi aufschreibst, dann kauft den später keiner. So billig ist das."

„Hab' ich auch gedacht und denke ich manchmal immer noch", entgegnete Landau. „Aber kann man eindeutig sagen, dass es nicht die Wahrheit war, was der Verteidiger vortrug?" Landau blickte seine Kollegen fragend an und sah, dass sie darüber intensiv nachdachten.

„Nein, das kann man eindeutig nicht sagen", sagte Landau nun. „Es könnte auch wahr gewesen sein, was der Verteidiger vorgetragen hat. Bitter, aber es ist so. Der Satz „Nichts ist so, wie es scheint, die Wahrheit hat viele Gesichter" trifft auch hier zu. Es hat aber sehr lange gedauert, bis ich das vollständig verstanden hatte."

Lukas Grote, vor seiner Versetzung ins 1. Kommissariat viele Jahre Rauschgiftfahnder im LKA, war nicht so der Freund von philosophischen Betrachtungen, ergänzte die Überlegungen nun. „Und was glaubt ihr, was geschieht, wenn wir nicht bei jedem Tatverdächtigen, den wir kurz oder noch einige Stunden nach der Tat festnehmen können, eine Blut- und Urinprobe nehmen würden? Dann würden wir ein Feuerwerk von Behauptungen hören, die wir nicht widerlegen können."

„Ja, der Verdächtige würde sich vielleicht darauf berufen, dass er jede Menge Alkohol oder und Drogen vor der Tat konsumiert und einen Blackout hätte", antwortete Kai Gellert mit einer Spur von Verachtung in seiner Stimme.

„Deshalb ist es wichtig, den Verdächtigen zu vernehmen", erklärte Landau, „auch wenn der uns Lügen auftischt, können wir die vielleicht widerlegen. „Timo Wöllner hat allerdings einen Verteidiger, der jegliche polizeiliche Vernehmung seines Mandanten ablehnt."

„Einen anderen Täter müssen wir aber nicht suchen", stellte Lukas Grote fest. „Es gibt keine Spuren am Tatort, die auf einen fremden Täter hindeuten. Und es gibt noch ein Detail, das Wöllner belastet." Grote machte eine rhetorische Pause und schaute seine Kollegen an. „Da waren fünf Patronen und eine leere Hülse in der Trommel der Tatwaffe. An der leeren Patroenenhülse waren daktyloskopische Spuren – Teilabdrücke von Wöllners rechtem Zeigefinger."

„Na, die Schlinge zieht sich zu", fand Martina Bell. Dann zog sich ihre Stirn in Falten. „Apropos Waffen, wo sind eigentlich die anderen Waffen von dem verstorbenen Herrn Wöllner? Laut Kreisverwaltung waren insgesamt fünf Waffen für Wöllner Senior angemeldet, drei Langwaffen, eine Sig-Sauer-Pistole und der Revolver, mit dem Ellen Wöllner erschossen wurde."

Christian Landau entgegnete, dass es bisher nicht gelungen sei, die übrigen Waffen ausfindig zu machen. „Ich vermute, dass Timo Wöllner etwas darüber sagen könnte, aber der spricht nicht mit uns. Die Kollegen von Wöllner Senior aus dem Schützenverein waren selbst überrascht, dass die Waffen dort nicht mehr gelagert waren." Die muss Timo Wöllner dann irgendwann nach dem Tod geholt haben", meinte Lukas Grote. „Einen Schlüssel für den Schützenverein und für das entsprechende Waffenfach dort lag in seinem Auto im Handschuhfach."

„Die Waffen müssen wir finden", sagte Landau und wollte gerade Aufträge dafür an seine Mitarbeiter verteilen, als das Telefon im Besprechungsraum klingelte.

„Es ist dein hierher umgestellter Apparat", sagte Claudia Kaufmann, als sie den Hörer abnahm und vorher das Display angeschaut hatte. Sie reichte den Hörer gleich an ihren Chef weiter. Die folgenden Worte Landaus machten jedem im Raum klar, dass sich etwas Dramatisches ereignet hatte.

6.

Landau und Grote ernteten empörte Blicke, als sie sich an der Warteschlange vorbei direkt bis an die Anmeldung der Radiologie des Krankenhauses Klosterhauses drängelten. Hier trafen sie auf die beiden Justizbeamten Harm Goosen und Matthias Sturm, beide an ihren Uniformen erkennbar. Der ältere der beiden, Harm Goosen, telefonierte gerade vom Apparat der Anmeldung aus. Landau nahm an, dass Goosen mit der JVA telefonierte, er hörte Gesprächsfetzen wie „… mussten die Handfesseln abnehmen … warteten vor den Umkleidekabinen…" und „… haben es nicht gleich gemerkt." Goosen beendete das Gespräch und wandte sich den beiden Kriminalbeamten zu. Man kannte sich vom Sehen in der JVA. Harm Goosen strich sich nervös mit der Hand über sein gegeeltes, dunkles Haar und meinte: „Können wir da hinten am Ende des Flures reden?" Landau nickte und ging mit Lukas Grote von der Anmeldung nach links in den Flur, der zum Wartebereich der Radiologie führte, gefolgt von den beiden Justizbeamten. „Das ist ja ein Ding", begann Landau das Gespräch. „Wie konnte das passieren? Erzählen Sie mal."

Wieder war es Harm Goosen, der redete. Seine Nervosität hatte sich kein bisschen gelegt, er trat von einem Bein auf das andere, während er berichtete. Sein Kollege Matthias Sturm stand neben ihm und blickte den Flur zurück Richtung Anmeldung. Der Dreißigjährige wirkte irgendwie unbeteiligt, berichtete sein etwas lebens- und dienstälterer Kollege doch gerade einen Sachverhalt, der für jeden Justizbeamten ein äußerst bitteres Kapitel darstellen musste und das wahrscheinlich dienstrechtliche Konsequenzen nach sich ziehen konnte.

„Also", begann Gosen seine Schilderung, „wir hatten den Auftrag, Herrn Wöllner von der JVA zur Untersuchung hier in die Radiologie zu bringen. Er hatte in den letzten Tagen über starke Schmerzen im Rücken geklagt und auch über Schwierigkeiten beim Gehen. Da hat Dr. Hansen, das ist der Arzt, den unsere JVA für sich unter Vertrag hat, den Wöllner hierher überwiesen." Goosen machte eine kleine Pause, wischte seine Handflächen an seiner grauen Uniformjacke ab und räusperte sich. Landau nickte ihm zu und bedeutete ihm, mit dem Bericht fortzufahren.

„Tja, wir haben Herrn Wöllner vorschriftsmäßig für den Transport die Handfesseln angelegt und sie erst abgenommen, als er aufgerufen wurde, um sich in der Umkleidekabine für das MRT fertig zu machen."

„Und Sie sind nicht mit in die Kabine oder in den MRT-Saal gegangen", wollte Grote wissen, dem allmählich klar wurde, dass hier ein eklatanter Fehler bei der Bewachung des Untersuchungsgefangenen passiert war.

Goosens Gesicht verzog sich leicht, es war ihm peinlich, was er nun preisgab. „Ich habe vorher mit dem Leiter der Abteilung hier telefoniert und unser Kommen angemeldet."

„Das ist keine Antwort auf meine Frage", entgegnete Grote. Er wurde ernster. „Warum haben sie Herrn Wöllner so in die Kabine gehen lassen, ohne dass auf der anderen Seite der Kabine im MRT-Saal jemand kontrolliert."

„Weil, äh, weil …", stotterte Goosen und wurde in der Antwort von seinem Kollegen unterbrochen. „Weil wir das immer so gemacht haben, wenn wir hier waren. Außerdem wollen wir uns da drin nicht den Strahlen aussetzen. Das ist ungesund." Matthias Sturm schaute weder Grote noch Landau an, als er antwortete. Er blickte weiter Richtung

Anmeldung und tat so, als ginge ihn das alles nichts an. Landau registrierte dieses merkwürdige Verhalten genauso wie Lukas Grote. Beide reagierten noch nicht darauf, weil sie zunächst alle Auskünfte hören wollten.

„Wie ging es weiter?", wandte Landau sich an Goosen.

„Tja, irgendwie gab es da im MRT-Saal eine Unruhe und wir wurden aufmerksam. Als wir dann hörten, dass im MRT-Saal ‚Halt! Hierbleiben!' gerufen wurde, da war uns klar, dass das mit Herrn Wöllner zu tun haben musste. Wir wollten durch seine Kabinentür in den Saal, die war aber von innen verriegelt. Also gingen wir durch eine unbelegte Kabine in den Saal und wurden von dort Beschäftigten Richtung Seitenausgang geschickt. Dort soll Wöllner verschwunden sein. Wir sind hinterher, der Seitenausgang vom MRT-Saal führt zum hinteren Treppenhaus." Wieder stoppte Goosen seine Schilderung. Seine Gesichtszüge signalisierten, dass ihm soeben etwas klar geworden war.

„Und? Weiter! Haben Sie Wöllner noch gesehen?"

„Ja. Durch das Fenster im Treppenhaus kann man auf den hinteren Hof des Krankenhauses sehen. Dort parken viele Mitarbeiter des Krankenhauses ihre Autos. Ich konnte vom Fenster aus sehen, dass Wöllner in einen weißen Audi A4 stieg. Er stieg auf der Beifahrerseite ein, dann sauste der Wagen schnell Richtung Ausfahrt." Goosens Stimme wurde lauter, als er seine Erkenntnis den Kriminalbeamten vortrug. „Wenn Sie mich fragen, das war von langer Hand geplant." Dann stampfte er mit dem rechten Fuß auf und wiederholte. „Genau, geplant war das, exakt geplant und ausgeführt. Und wir sind jetzt die Doofen." Er sah seinen Kollegen an. „Oder wie siehst du das?"

„Mmh", brummte Matthias Sturm nur. Er beteiligte sich noch immer nicht an dem Gespräch.

„Können Sie etwas über den Fahrer des Audi sagen", fragte Lukas Grote und sah dabei auf den schweigsamen Sturm. Der antwortete mit Kopfschütteln.

„Wie war Timo Wöllner bekleidet?", wollte Landau wissen.

„Der trug einen hellblauen Jeansanzug und schwarze Puma-Sportschuhe", meldete Goosen sich wieder zu Wort.

„Hatte er sonst noch etwas bei sich?"

„Nein, er sollte hier ja nur zur Untersuchung. Wir haben ihn vor der Abfahrt in der JVA durchsucht. Er hatte nichts bei sich."

„Was haben Sie gemacht, als sie festgestellt hatten, dass Wöllner geflohen war?", fragte Landau abschließend.

„Ich habe die Flucht sofort über Notruf gemeldet, auch die Beschreibung des Flüchtigen und des Fluchtfahrzeugs", antwortete Goosen. „Es dauerte keine drei Minuten, da war der erste Streifenwagen hier."

„Die Fahndung ist bisher leider ohne Erfolg geblieben", resümierte Landau bitter. Er sah eine Menge Arbeit auf die Polizei zukommen.

7.

Ben Sommer musste raus. Er sollte bei der Durchsuchung der Gefängniszelle, die er gemeinsam mit Timo Wöllner bewohnte, nicht anwesend sein. Grote und Landau machten das in Anwesenheit des Leiters der JVA, Justizamtsrat Rolf Wuttke. Und sie wurden fündig. Zwischen Kopfende des Bettes und Zellenwand entdeckte Lukas Grote ein kleines Päckchen. Es hatte die Größe einer Zigarettenschachtel und war in einem braunen Stofflappen eingewickelt. Um keine Spuren zu verursachen hatte er sich wie sein Chef auch Einweghandschuhe angezogen. Mit einem erstaunten Pfiff zog Grote das Päckchen aus dem Versteck. „Was haben wir denn da?", kommentierte er seinen Fund und schätzte laut: „Dem Gewicht nach dürfte hier ein Handy drin sein." Vorsichtig wickelte er den Stofflappen auseinander. Und richtig: Zum Vorschein kam ein LG-Smartphone. Grote war nicht überrascht. Sein Blick wanderte zu dem in der Zellentür stehenden Leiter der Anstalt, der die Entdeckung des Kripo-Mannes lediglich mit einem Schulterzucken quittierte. Rolf Wuttke war Mitte fünfzig, dreißig Jahre im Justizdienst und bereits acht Jahre Leiter der JVA Klosterhausen. Er hatte fast alles, was eine JVA der entsprechenden Größe an außergewöhnlichen Ereignissen zu bieten hat, erlebt. So gut wie nichts konnte den stämmigen Mann mit den grauen Haaren und dem Vollbart noch aus der Ruhe bringen. „Das wäre Nummer zwölf in diesem Jahr", sagte er lakonisch und meinte damit den wiederholten Fund von Mobiltelefonen in seiner Anstalt.

„Das ist kaum zu verhindern. Die Dinger fliegen über die Mauer, wechseln beim Besuch von Angehörigen am Besuchertisch schnell den Besitzer und auch so mancher Anwalt soll sich so die Gunst seines Mandanten erhalten haben." Leichte Verzweiflung war in seinem Gesicht dennoch zu lesen, als er sagte, dass die Anzahl der routinemäßigen Zellendurchsuchungen keine großen Erfolge nach sich gezogen hätten. „Vielleicht bringt ja irgendwann der Einsatz von Handysuchhunden etwas", meinte Wuttke.

Landau war interessiert. Von solchen Hunden hatte er nur ganz wenig gelesen. „Was sind das denn für Tiere?", fragte er neugierig. „Es gibt Schutz- und Rettungshunde, Drogen-, Sprengstoff- und Leichensuchhunde, SEK-Hunde und Mantrailer-Hunde. Aber Handysuchhunde? Wie lange gibt es die denn?"

„Oh, die gibt es schon einige Jahre. Sie wurden schon in den großen Justizvollzugsanstalten erfolgreich eingesetzt. Aber hier in Klosterhausen hatten wir leider noch keinen im Einsatz", sagte Wuttke.

„Schade", fand Landau, „dann müssen wir versuchen, auf die herkömmliche Art und Weise herauszufinden, wie das Teil hier in die Zelle gekommen ist."

*

„Ich sag' nix." Ben Sommer stellte sich stur in der Vernehmungszelle der JVA, wohin Grote und Landau ihn nach der Zellendurchsuchung geholt hatten. Sommer wollte so etwas wie neulich im Fitnessraum nicht noch einmal erleben. Er schüttelte den Kopf, doch Landau war nicht geneigt, die Verweigerung hinzunehmen. Er wusste zwar um die ungeschriebenen Gesetze in der JVA. Eines davon war seiner Meinung nach, dass sich das Fehlverhalten eines Häftlings auf die Haftbedingungen aller auswirken könnte. Deshalb appellierte er an Sommer: „Timo Wöllner hat ein falsches Spiel gespielt, und alle anderen dürfen es nun ausbaden. Oder glauben Sie etwa, dass es in Zukunft ohne gründlichere Kontrollen und Prüfungen so einfach zur ärztlichen Behandlung nach draußen geht? Oder dass es nicht vermehrte Zellenkontrollen geben wird?"

„Wieso, wir haben doch nichts gemacht. Das war doch nur der Wöllner. Wir anderen doch nicht", war die naive Entgegnung Sommers.

Landau war erleichtert. Nach minutenlangem Schweigen und der wiederholten Behauptung, er könne nichts sagen, redete Sommer nun endlich mit ihm. Es war der Einstieg in eine umfassende Aussage zu den Umständen von Wöllners Flucht. Ohne genauere Kenntnisse zu den Vorkommnissen im Fitnessraum zu haben, hatte Landau einfach ins Blaue geschossen und Sommer bei der Ehre gepackt. „Ich weiß, dass mein junger Kollege Sie aufgefordert hat, Timo Wöllner auszuhorchen", hatte Landau gesagt und erklärt, dass er mit solchen Geschichten nichts am Hut habe, weil es zwangsläufig zu schlimmen Auswüchsen innerhalb der Haftanstalt kommen könne. „Und wie ich heute Ihre Verweigerung einschätze, haben Sie schon erlebt, was passiert, wenn einer hier rumspioniert. Stimmt's?" Sommer hatte daraufhin schweigend genickt. „Und genau deshalb habe ich meinem jungen Kollegen Gellert untersagt, Sie auf Wöllner anzusetzen. So etwas kommt überhaupt nicht in Frage. Aber jetzt steht hier etwas zur Debatte, was alle anderen angeht. Wöllner hat sich aus dem Staub gemacht und allen hier die logischen Konsequenzen überlassen. Das ist ein ganz gemeiner Zug von Wöllner." Mit dieser Argumentation hatte der Ermittler Ben Sommer überzeugt. „Genau", bestätigte dieser, „hier hat niemand gewusst, dass Wöllner stiften gehen will." Weiter berichtete Sommer, dass Wöllner das Handy schon am dritten Tag nach seinem Einzug in die JVA zur Verfügung hatte. „Stolz hat er es mir gezeigt und sich wichtig damit gemacht. Er hat mir sogar angeboten, dass ich damit auch telefonieren darf. Aber muss ich ja nicht, ich habe draußen doch keinen, den ich anrufen könnte." Landau und Grote erfuhren, dass Timo Wöllner ausschließlich SMS-Nachrichten verschickt hatte, über deren Inhalt und Adressat konnte Sommer nichts aussagen. „Da hat er sich sehr bedeckt gehalten", führte Sommer aus und von seiner ursprünglichen Verweigerungs-haltung war nichts mehr zu bemerken. Er erzählte so, wie er es schon in seinem umfassenden Geständnis getan hatte. Landau hatte nicht den geringsten Zweifel an der Wahrheit von Sommers Aussage. Auf die Frage, wie Wöllner an das

Handy gelangt sei, stockte Sommer und knetete seine Hände. Er war offensichtlich unsicher, ob er dazu überhaupt etwas sagen sollte. Landau vermutete, dass der Anwalt Henry Cramer es möglicherweise besorgt haben könnte, verwarf diesen Gedanken jedoch wieder, weil er Cramer zwar für einen mit allen Wassern gewaschenen Konfliktverteidiger hielt, ihn aber so eine dumme Geschichte wie das Hereinschmuggeln eines Mobiltelefons nicht unterstellen wollte. Es hätte nämlich erhebliche Folgen für seine anwaltliche Tätigkeit, falls die Sache auffliegen würde. Landau sah Ben Sommer geduldig an. „Na, was meinen Sie? Wie ist das Ding rein gekommen?" „Tja, ich weiß das nicht so genau. Aber Wöllner hat mehrfach davon gesprochen, dass er mit dem einen Beamten hier gut auskommt. Und die beiden hatten auch immer mal was getuschelt."

Landau schluckte. „Welchen Beamten meinen Sie?"

„Na, den Sturm, der konnte gut mit Wöllner."

Landau verzog das Gesicht und sah seinen Kollegen Lukas Grote an, der sich an der Befragung nicht beteiligt hatte. Grote runzelte die Stirn. „Oh, oh! Jetzt wird's interessant."

„Ich mein', ich kann das nicht behaupten, das mit dem Handy", relativierte Sommer seine Vermutung, um sie dann anschließend doch zu untermauern. „Aber auffällig war das schon mit den beiden. Der Sturm hat sich mit anderen hier in der Anstalt nicht so abgegeben. Nur mit Wöllner, mit dem hatte er was."

Grote hatte während der Befragung das in der Zelle gefundene Mobiltelefon in seinen Händen und ständig versucht, es einzuschalten, natürlich hatte er dafür Spusi-Handschuhe benutzt, um selbst keine Spuren an dem Gerät zu verursachen. Er hatte verschiedene PIN-Möglichkeiten versucht, war aber immer wieder gescheitert. Nun schlug er sich selbst mit der flachen Hand an die Stirn und bemerkte dabei, dass er doch gleich hätte darauf kommen können. Er hatte die richtige PIN getippt und das Handy entsperrt.„ Wie bist du darauf gekommen", wollte Landau wissen.

„Viele Handy-Nutzer wollen sich keine komplizierten Zahlen merken. Wöllner wohl auch nicht. Er hatte die Zahlen von eins bis vier gewählt."

Während er das sagte, war Grote dabei, den SMS-Speicher auszulesen. Dann sah er mit ernstem Gesicht auf Landau. „Lass uns jetzt diese Befragung beenden, denn wir haben jetzt eine ganz wichtige Sache vor uns."

*

„Da sind einige interessante Nachrichten im Speicher", sagte Grote in die Runde seines Kommissariats. Landau hatte die Besprechung unmittelbar nach Rückkehr im Büro angesetzt. Es galt, in den Handy-Informationen diejenigen zu finden, die auf die Spur des Flüchtigen führen konnten. Aber dafür fanden sich keine konkreten Hinweise, dafür jedoch auf die Personen, die Wöllner sehr wahrscheinlich bei seiner Flucht geholfen haben.

„Die SMS stammen lediglich von zwei unterschiedlichen Anschlüssen", sagte Grote, der sich inzwischen alle neun Kurznachrichten angesehen hatte. Er nannte nun die beiden Nummern und bat Claudia Kaufmann, dringend eine Anschlussinhaberfeststellung durchzuführen. Sie benötigte dafür nur wenige Minuten, dann hatte sie die Ergebnisse: Matthias Sturm und Nadine Rose.

„Das dachte ich mir doch, als ich den Speicher ausgelesen habe. Die Rose meldet sich vier Tage nach Wöllners Einlieferung in die JVA zum ersten Mal. Danach nur noch an wenigen Tagen. Nur zwei SMS sind von Sturm". Grote las vor.

1. Nachricht

   „Endlich hast du dich gemeldet. Die Bullen waren gleich am ersten Tag hier, aber ich konnte dazu überhaupt nichts sagen. Cramer sagt, dass du gute Chancen hast.

2. Nachricht

   „Armer Schatz. Jetzt hast du auch noch Probleme mit dem Rücken. War der Arzt schon bei dir?"

3. Nachricht

   „Na klar helfe ich. Sag mir wie, wann und wo."

4. Nachricht

   „Deine Madame hat sich bei mir gemeldet. Was sollte das denn? Ich will das nicht."

50

5. Nachricht
„Ich wollte ihm doch nur etwas zum Rauchen für dich mitgeben. Mann, war der unfreundlich."
6. Nachricht
„Mal sehen, ob ich da Dienst habe."
7. Nachricht
„Ich kann einen Audi A 4 mieten. Ist der okay?"
8. Nachricht
„Ich fahre mit. Hab' keine Angst vor dem MRT, wird schon gut gehen.
9. Nachricht
„Ich kenne das dort. Ich bin pünktlich auf dem Parkplatz hinten."

„Ich habe gehört, hier gibt es interessante Dinge", sagte Kriminaldirektor Lott, der sich soeben zur Besprechung dazu gesetzt hatte.
„Moin Reinhard", begrüßte Landau seinen Direktionsleiter.
„Ja, tatsächlich, wir haben Neuigkeiten, leider sind sie aber auch bedrückend." Und dann erzählte er von den üblen Machenschaften des Justizbeamten Matthias Sturm, der, so wie es aussah, nicht nur ein Handy für den U-Häftling Wöllner in die JVA geschmuggelt, sondern auch von dessen geplanter Flucht gewusst und diese noch unterstützt haben dürfte. Das Verhalten von Nadine Rose bezeichnete Landau als aktive Hilfe zur Flucht war aber in seinen Augen nicht im Entferntesten so verwerflich, wie das des Justizbeamten. Reinhard Lott sah die Lage genauso und stimmte Landaus Einschätzung zu. „Wie sollte es nun weitergehen? Was meint ihr?", fragte er in die Runde. Für die Arbeit im 1. K war Lott ein Segen, kannten sie doch ganz andere Vorgesetzte, die in einer derartigen Situation nichts anderes im Sinn gehabt hätten, den Rücken an die Wand zu kriegen. Landau wusste, dass er mit Lott auf einer Wellenlänge funkte. Der Mann hatte als langjähriger Sachbearbeiter bei der Kripo genau wie Landau seine Erfahrungen gemacht und setzte diese positiv im Sinne der Sache als Vorgesetzter ein. Man merkte ihm an, dass er ein alter Hase bei der Kripo war. Er warf die wichtige Frage auf, die auch Landau und sein Team gerade beschäftigte.

„Gehen wir an Wöllners Freundin ran, oder schauen wir mal, was sie jetzt treibt?"

Landau hätte die Frage wahrscheinlich genauso formuliert. Seine Antwort: „ Sie muss ja nicht sofort erfahren, dass wir die SMS kennen. Aber es wäre irgendwie weltfremd, wenn wir Nadine Rose gar nicht fragen, ob sie weiß, wo Wöllner steckt."

„Und wenn wir ihr Telefon abhören und sie observieren", ergänzte Kai Gellert, schon ganz Feuer und Flamme über die anstehenden Aktivitäten in seinem Kommissariat.

Bedächtiger äußerte sich Martina Bell. „Klar, das macht aus taktischer Sicht schon Sinn. Aber wir würden uns mit dieser zusätzlichen Arbeit ganz schnell matt setzen."

„Aber einer muss die Arbeit doch machen, sonst kriegen wir den Wöllner nicht wieder hinter Schloss und Riegel", protestierte Gellert. Er hatte kürzlich zwei Wochen beim MEK hospitiert und zwei erfolgreiche Observationseinsätze erleben dürfen. In einem Fall war es das Drogengeschäft eines hochkarätigen Drogendealers, das beweissicher vom MEK beobachtet werden konnte. Zum anderen war ein Raubüberfall auf ein Juweliergeschäft in Lübeck durch rechtzeitige Observationsmaßnahmen und Festnahme zweier Tatverdächtiger vereitelt worden. Kai Gellert war nach den zwei Wochen beim MEK nicht abgeneigt, sich selbst dahin zu bewerben. Intensive Diskussionen mit Lukas Grote, der das MEK-Geschäft aus seiner Zeit als Rauschgiftfahnder beim LKA bestens kannte, dämpften allerdings die Begeisterung des Jungkommissars. „Ihr habt Glück gehabt in beiden Einsätzen", hatte Grote ihm versichert. „Die überwiegende Zeit beim Observieren vergeht, und das ganz, ganz langsam, mit Warten – und das zum großen Teil ohne Erfolg. Ein mühsames Geschäft."

Doch nun sah Gellert die Möglichkeit, in einem Fall seines Kommissariats diese Maßnahme einzusetzen und war entsprechend euphorisiert.

Es war Martina Bell, die ihm nun sachlich und nüchtern den Wind aus den Segeln nahm. „Wir haben die Zielfahnder des LKA. Genau für die Fahndung nach solchen flüchtigen Tätern wie Wöllner sind sie da. Wir sollten die Zielfahnder einschalten. Alles Weitere wie Telefonüberwachung, Observationen und auch die Festnahme wird dann dort in

Abstimmung mit uns koordiniert und wir können uns hauptsächlich um die Ermittlungsarbeit kümmern."

Christian Landau nahm wahr, dass Martina Bell als langjährige Mitarbeiterin im Team bereits eine durch vielseitige Erfahrungen geprägte abgeklärtere Haltung hatte. Und damit lag sie richtig, wie Landau fand. So gern er auch der Forderung Gellerts nachgegeben hätte, so wichtig war es für eine so kleine Dienststelle wie das 1. K, sich nicht in zeitlich schwer überschaubaren Tätigkeiten zu verlieren, wenn Spezialdienste dies wahrscheinlich noch besser leisten konnten. Er nickte. „So machen wir das, Martina. Setz du dich bitte mit den Zielfahndern in Verbindung."

Auch Reinhard Lott war mit dieser Entscheidung voll einverstanden. Mit Blick auf den nun etwas enttäuscht dreinblickenden Kai Gellert sagte er: „Nun, ihr seid ja nicht raus aus der Nummer. Da bleibt noch eine ganze Menge zu erledigen."

Lukas Grote meldete sich nun zu Wort. „Mit den Zielfahndern bin ich einverstanden. Aber die Sache mit dem Justizbeamten Matthias Sturm müssen wir sehr schnell angehen. Wer weiß, was der Mann sonst noch alles treibt."

„Richtig", fand Landau. „Ich werde gleich mit Staatsanwalt Dr. Jahn telefonieren. Der muss unverzüglich informiert werden. Mal sehen, was der vorschlägt. Ich hätte da schon eine Idee."

*

Dr. Jahn hatte ganz konkrete Anweisungen gegeben, die Landau unverzüglich umsetzte. Er suchte den Leiter der JVA auf und unterrichtete ihn über die Lage. Rolf Wuttke blickte ärgerlich, als er den Namen des Justizbeamten, der in die kriminellen Machenschaften verstrickt sein sollte, hörte. „Der ist gleich nach der Ausbildung hier eingesetzt worden und erst seit zwei Jahren hier. Er ist hier nicht negativ aufgefallen. Im Gegenteil, er ist sehr kollegial und springt ohne Murren ein, wenn mal Not am Mann ist. Mit den Häftlingen kommt er auch gut klar. Nach der Sache im Krankenhaus hatte er schichtfrei und hat erst übermorgen wieder Dienst."

„Okay", sagte Landau, „dann sollten wir Herrn Sturm gleich einmal gemeinsam zu Hause besuchen." Rolf Wuttke, der solche unangenehmen Angelegenheiten überhaupt nicht liebte, kannte das weitere Prozedere. Er telefonierte zunächst mit dem Justizministerium und erhielt von dort hinsichtlich der weiteren Vorgehensweise entsprechende Anweisungen. Die Durchsuchung von Sturms Schrankfach ergab keine Hinweise, die der weiteren Aufklärung des anstehenden Sachverhalts gedient hätten.

*

Matthias Sturm wirkte verschlafen, als er gegen vier Uhr nachmittags die Tür seines schmucken Einfamilienhauses in der Vogelsiedlung Klosterhausens öffnete. Als er seinen Chef und den Kriminalbeamten Landau an der Tür sah, war er jedoch sofort hellwach. Er ahnte, was auf ihn zukommen würde. Sichtlich verstört ließ er seine Besucher in sein Haus und bot ihnen Platz im Wohnzimmer an. Er war allein, seine Frau als Arzthelferin noch zur Arbeit, seine beiden Kinder zum Sport.
Die Anordnung der vorläufigen Suspendierung traf ihn schwer. „Aber, aber, das geht doch nicht! Wie soll ich denn das alles hier bezahlen, wenn ich nicht arbeiten kann?", jammerte er und schlug sich beide Hände vors Gesicht.
„Nun, Herr Sturm, das kommt dabei heraus, wenn man als Justizbeamter krumme Dinge macht", kommentierte Rolf Wuttke das Verhalten seines Mitarbeiters. Er war sauer auf ihn, nicht zuletzt auch deshalb, weil die Angelegenheit auf die von Wuttke geleitete Haftanstalt in der Öffentlichkeit ein schlechtes Licht werfen würde, was natürlich auch dem Leiter der Anstalt angelastet werden könnte. Frei nach dem Motto: Der hat seinen Laden nicht im Griff.
Es war Landau, der jetzt versöhnliche Töne anschlug. Sein Ziel war, von Sturm möglichst viel über die Umstände der Flucht zu erfahren. „Natürlich hängen die Konsequenzen für Sie davon ab, was Sie sich selbst genau haben zu Schulden kommen lassen. Sie können sich jetzt so verhalten, dass Sie überhaupt nichts über die Hintergründe erzählen. Das ist das Recht eines jeden Beschuldigten", klärte er Sturm über dessen Lage auf und ergänzte: „Sie

können aber auch an der weiteren Aufklärung dieses Falles mithelfen und für sich Pluspunkte sammeln."

Rolf Wuttke nickte zu den Worten des Kriminalbeamten. „Ich weiß ja nicht, wie weit Sie in die Geschichte verstrickt sind, aber es stimmt, was Herr Landau sagt. Wer mithilft bei der Aufklärung, der wird sehr wahrscheinlich nicht so schwer bestraft. Auch was die Konsequenzen aus der vorläufigen Dienstenthebung betrifft. Da ist die Spannbreite von einem Verweis bis hin zur Entfernung aus dem Dienst sehr groß."

Matthias Sturm wechselte den Blick von Wuttke weg hin zu Landau und dann zurück. Mehrfach. Dann räusperte er sich und fing langsam an zu erzählen. „Das fing alles so harmlos an. Herr Wöllner war hier bei mir zu Hause, als ich oben das Dach ausbauen wollte. Wegen der Wärmedämmung wollte ich keine Fehler machen. Deshalb habe ich ihn um Rat gebeten. Er hat mich so gut beraten, dass ich sogar vom Staat noch ordentlich Zuschüsse bekommen habe. Ich war ihm dafür sehr dankbar. Noch dankbarer war ich ihm für einen Tipp. Meine Frau wollte wieder als Arzthelferin arbeiten, nachdem unsere beiden Söhne aus dem Gröbsten raus waren. Da konnte Wöllner helfen. Er hatte gerade bei Dr. Hellrich hier in Klosterhausen einen Auftrag erledigt und wusste, dass dort eine Stelle frei war. Das passte genau." Diese Schilderung konnte Sturm recht flüssig vortragen, doch nun fing er an zu stolpern. Sein Gesicht zeigte Bitterkeit, als er fortfuhr. „Und dann kam dieser Mann zu uns in die JVA. Ich war natürlich überrascht, hab' ihm angeboten, ihn zu unterstützen, wenn er mal einen Rat braucht und so. Er hat mir eindringlich versichert, dass er unschuldig sei. Er wollte ein Handy von mir, damit er sich um seine Firmenaufträge kümmern könnte. Sonst würde alles den Bach runtergehen."

Landau sah ihn kritisch an und zog eine Augenbraue hoch. So ganz mochte er den Bericht des Justizbeamten nicht glauben. Sturm sah die Zweifel im Gesicht des Ermittlers. „Doch, doch, das war so", beteuerte er. „Mann, was war ich doch naiv. Und dann konnte ich da plötzlich nicht mehr raus. Wöllner hat mich unter Druck gesetzt."

„Wie denn?" fragte Rolf Wuttke, dem die Abläufe in seiner Anstalt sehr geläufig waren und der sich das Verhalten Sturms so nicht vorstellen konnte.

„Doch", beharrte Sturm, „er hat eiskalt gedroht, dass ich wegen des Mobiltelefons auffliege, wenn ich ihn hängen lassen würde. Das mit seinem Rücken habe ich nicht als Finte gesehen, ich dachte, es sei echt mit seinen Schmerzen. Ich wusste auch nicht, dass er im Krankenhaus die Biege machen wollte. Ich wusste überhaupt nichts von einer geplanten Flucht. Echt nicht."

„Zeigen Sie mir bitte einmal ihr Handy", forderte Landau. Er wollte die von Wöllner an Sturm gesandten SMS lesen. Der Justizbeamte war überrascht von der Forderung. „Was wollen Sie denn mit meinem Handy? Die Nachrichten von Wöllner habe ich sofort gelöscht."

„Das macht nichts", entgegnete Landau und wiederholte seine Forderung. Für derartige Fälle gab es ja die Handy-Auswertung im LKA, um unter anderem gelöschte Nachrichten wiederherstellen zu können. Das verschwieg Landau jedoch und sagte lediglich: „Wir schauen mal."

Sichtlich verunsichert gab Sturm sein Nokia-Handy heraus. Landau wechselte das Thema. „Kennen Sie Frau Rose?"

„Rose? Nö, kenn' ich nicht", antwortete Sturm, er korrigierte sich dann aber. „Oder ist das die Frau, die vor einigen Tagen bei mir vor der Haustür erschienen ist, damit ich Wöllner etwas mitbringe?"

Landau nickte.

„Die hatte einen Umschlag in der Hand. Sie nannte ihren Namen nicht. Ich wollte nichts mit ihr zu tun haben und habe sie sofort wieder weggeschickt. Den Umschlag habe ich nicht angenommen."

Landau und Wuttke beendeten ihren Besuch bei Sturm mit dem Hinweis, dass dieser sich sofort melden solle, falls Wöllner Kontakt zum ihm aufnehmen würde. Nur mit einem kooperativen Verhalten könne Sturm seine prekäre Lage verbessern.

*

Es war schon weit nach Dienstschluss, als Landau in seinem Büro ankam. Aus dem Besprechungsraum kamen die wohlbekannten Brodelgeräusche der Kaffeemaschine. Für Landau war es keine Überraschung, dass sein Team trotz des schönen Sommerwetters vollständig anwesend war. Zu groß war die Motivation, den flüchtigen Wöllner so schnell wie möglich wieder einzufangen. Landau war noch unterwegs von Martina Bell darüber informiert worden, dass die Zielfahndung des LKA den Fall erstmal nicht übernehmen könne. Als er nun von seinem Büro zu seinen Kollegen ging, war Martina Bell gerade dabei, dem Jungkommissar Gellert laut und deutlich etwas auszureden. „Kai, so arbeiten wir hier nicht. Wenn wir jetzt zu Nadine Rose gehen, dann müssen wir sie darauf hinweisen, dass sie Beschuldigte in einem Strafverfahren ist."

„Das können wir aus taktischen Gründen ja später machen", fand Kai Gellert. „Wenn wir ihr gleich sagen, dass gegen sie ermittelt wird, dann sagt sie bestimmt nichts."

Lukas Grote wurde nicht von ungefähr ‚der Genaue' genannt. Er war hundertprozentig, wenn es darum ging, als Ermittlungsbeamter gesetzeskonform zu handeln. Er mischte sich nun ein. „Kai, du hast es heute sehr gut gemacht, dass du einfach den Schuss ins Blaue gewagt und bei unseren Autovermietern nachgefragt hast, ob Frau Rose ein Fahrzeug gemietet hat. Das ist eine heftige Straftat, die sich die Dame geleistet hat. Mit der Anmietung des A4 und dem vermutlichen Abholen ihres Freundes im Krankenhaus hat sie aktive Fluchthilfe geleistet. Gegen die Rose wird wegen Gefangenenbefreiung und Strafvereitelung ermittelt werden. Wie immer machen wir unsere Arbeit sauber und ordentlich, hast du das verstanden?"

Das war ein echter Grote, fand Landau. Er erinnerte sich, dass er wenige Stunden zuvor selber davon gesprochen hatte, dass es für Nadine Rose wohl weltfremd wäre, wenn man sie jetzt nicht nach Wöllner fragen würde. Zunächst lobte er Kai Gellert, der am liebsten sofort Wöllners Freundin aufgesucht hätte. „Find' ich auch, Kai. Das war eine gute Idee mit der Nachfrage bei den Autovermietern. Wer war es denn, der den A4 an Frau Rose vermietet hat?"

„Die Tankstelle Gassner war es. Der Gassner hat neben der Tankstelle eine kleine Auto- und Anhängervermietung. Die läuft gut, weil Gassner günstiger als die namhaften

Vermieter ist. Der Wagen soll angeblich morgen wieder abgeben werden."

„Sag mal, haben die Autovermieter an ihren Fahrzeugen nicht diese GPS-Tracker, mit denen man die Standorte der Fahrzeuge orten kann?", fragte Landau. Er bemerkte, dass Kai Gellert formlich aufdrehte, als die Antwort kam. „Klar habe ich Herrn Gassner danach gefragt. In den Audi hat er so ein Teil eingebaut. Gassner schickt gleich die Ergebnisse der Ortung her."

„Da bin ich mal gespannt", sagte Landau und sprach ein weiteres Thema an. „Hat es mit der Telefonüberwachung bei Nadine Rose geklappt?"

„Da gab es keine Probleme. Die Überwachung steht. Eine Ortung des Mobiltelefons hat ergeben, dass Nadine Rose zu Hause sein dürfte", antwortete Lukas Grote, der sich am besten mit solchen Maßnahmen auskannte.

In der Zwischenzeit war Kai Gellert kurz in seinem Büro an seinem Rechner gewesen. „Wir haben den Wagen", verkündete er aufgeregt. „Gassner hat die Daten geschickt. Der A4 steht mitten in Elmshorn. Wahrscheinlich am Bahnhofsparkplatz."

„Es sieht so aus, als hätte Timo Wöllner seine Flucht mit der Bahn fortgesetzt", meinte Lukas Grote. „Trotzdem sollten wir den Wagen beobachten."

„Stimmt", fand auch Landau und sein Blick wanderte zu Kai Gellert. „Würdest du mit Martina den Wagen in Elmshorn observieren? Und wenn ihr schon mal am Bahnhof seid, schaut mal nach den Überwachungskameras, die müssten Aufnahmen von Wöllner gemacht haben."

„Das mit den Kameras kann ich vom Büro aus prüfen", meinte Grote. Ein Anruf bei der Bundespolizei am Hauptbahnhof in Hamburg, und schon kriege ich die Bilder auf meinen Rechner."

„Falls die Kameras am Elmshorner Bahnhof überhaupt aufzeichnen", wandte Claudia Kaufmann ein. „Erinnert ihr euch noch an den versuchten Raubmord im vergangenen Jahr hier am Bahnhof? Was waren wir begeistert, dass dort Überwachungskameras installiert waren. Und? Nichts war damit. Es handelte sich um Attrappen, angeblich aus Gründen der Prävention dort angebaut."

„Das kann die Bahn vielleicht hier in Klosterhausen machen, hier ist ja auch nicht viel los", fand Kai Gellert. „Elmshorn ist schon ein ganz anderes Kaliber."

„Das wird Lukas schon rausfinden. Komm jetzt, Kai, wir müssen los", drängelte Martina Bell.

„Und was machen wir?", fragte Claudia Kaufmann, die Kai und Martina gerne nach Elmshorn begleitet hätte.

„Wir sehen zu, dass die Ermittlungsakte auf Vordermann kommt nach all dem, was wir heute erfahren haben", sagte Christian Landau.

8.

„Da, da ist jemand am Fahrzeug", raunte Kai Gellert seiner Kollegin zu. Beide saßen sich im hinteren Teil des weißen Dienst-Mercedesbusses gegenüber. Sie schauten durch die verdunkelten Seitenfenster von ihrem Standort, einem Parkstreifen in der Schulstraße in Höhe des Holstenplatzes am Bahnhof, auf den dort in der ersten Parkbucht abgestellten weißen Audi. Der Wagen war durch den auffällig großen weißen Reklameaufkleber an der Fahrertür ohne Schwierigkeit als das Mietfahrzeug der Fa. Gassner auszumachen gewesen. Drei Stunden hatten sie dort gestanden, und so allmählich war der Feierabendbetrieb am Elmshorner Bahnhofsvorplatz, den der Holstenplatz mit seinen diversen Parkbuchten darstellte, zum Erliegen gekommen. Die Dämmerung setzte an diesem regnerischen Sommerabend ein. Kai Gellert war nach anfänglicher Begeisterung über den Observationsauftrag merklich ruhiger geworden und hatte gerade bei seinem Chef nachgefragt, wie lange das Auto noch angeguckt werden müsste. Als gegen halb elf das Taxi direkt vor dem Audi anhielt und die ihm bekannte Frau ausstieg, da war Kai wieder Feuer und Flamme. „Wollen wir sie hier hochnehmen?", fragte er aufgeregt seine um Welten abgeklärtere Kollegin. „Nein, wir sehen uns an, was sie macht", antworte Martina Bell ganz ruhig. Dann drückte sie in ihrem Diensthandy die eingespeiste Nummer ihres Chefs und schilderte ihm die Lage. „Abwarten. Und dann an der langen Leine verfolgen", war Landaus Weisung. Er hatte im Laufe des Abends mehrfach angerufen und Informationen über die Frau mitgeteilt, die Martina und Kai als Zeugin in der Mordsache Ellen Wöllner vernommen hatten. Ihren Beruf hatte Nadine Rose damals mit Immobilienfachwirtin angegeben. Neu war für beide Ermittler, dass Nadine Rose Inhaberin des gleichnamigen Immobilienbüros in Neumünster war. Die Firma hatte die Fünfunddreißigjährige vor sechs Jahren von ihrem Vater Walter Rose übernommen, nachdem dieser sich mit enormem Engagement dem Geldverdienen durch Investitionen in der Solarbranche verschrieben hatte. Seine in Schleswig-Holstein nicht unbedeutende Immobilienfirma war da für den Investor im Seniorenalter eher ein Hemmschuh, Rose Senior dachte nun in Größenordnungen, die dem Normalsterblichen immer verborgen bleiben. Und die Tochter dieses millionenschweren Mannes hatte sich mit Timo Wöllner eingelassen, ihn durch strafbare Handlungen zur Flucht aus der U-Haft verholfen. Sie stand auch jetzt offenbar mit dem Flüchtigen in Kontakt. Landau hatte berichtet, dass am Abend zwar keine Telefonate auf Roses überwachten Anschluss festgestellt worden waren, wohl aber zwei Whatsapp-Nachrichten, die leider bei der Überwachung nicht ausgelesen werden konnten.

Nadine Rose setzte sich ans Steuer des Audi und startete das Fahrzeug. Die Verfolgung der Zielperson, wie eine zu observierende Person im Polizeijargon genannt wird, verlief völlig unspektakulär. Nadine Rose fuhr direkt zu sich nach Hause. Das Observationsteam war ihr mit großem Abstand gefolgt, was infolge des geringen Straßenverkehrs zu der späten Abendstunde kein Problem darstellte und zudem die Wahrscheinlich der Entdeckung minimierte.
Als sich die Eingangstür des luxuriösen Appartementhauses an der Klosterallee hinter Nadine Rose schloss, befolgten Martina Bell und Kai Gellert die Maßgabe ihres Chefs: Mit Observation zu Bett bringen, was so viel bedeutete, dass die beiden so lange die Wohnungsfenster im ersten Stock des Hauses beobachten sollten, bis das Licht gelöscht wurde und die Zielperson sich offensichtlich schlafen gelegt hatte.

9.
Die Nacht war kurz. Um fünf Uhr trafen sie sich im Besprechungsraum, um den frühen Einsatz vorzubereiten.

Auf dem Weg zur Dienststelle hatte Martina Bell einen kleinen Umweg durch die Klosterallee gemacht und festgestellt, dass der weiße Audi noch auf dem zum Appartementhaus gehörenden Stellplatz parkte. Die Wahrscheinlichkeit war also groß, dass die Mieterin dieses Fahrzeugs am frühen Morgen in ihrer Wohnung anzutreffen war. Diese Beobachtung teilte sie ihren Kollegen in der Einsatzbesprechung mit.

„Schade, dass die Zielfahndung uns diese Arbeit zur Zeit nicht abnehmen kann, aber die haben eine ganz aufwendige Fahndung beim Wickel. Das kann noch sehr lange dauern", bedauerte Landau das Fehlen der Fahndungsspezialisten des LKA und rührte etwas müde in seinem Kaffeepott. Ganz anders war Kai Gellert aufgelegt. „Na, das kriegen wir doch auch hin. Die Dame wird schon weich werden und uns verraten, wo sich ihr Lover verborgen hält."

Landau nickte ihm mäßig zu. Ihm war mehr daran gelegen, die Ermittlungsarbeit in den beiden anstehenden Mordfällen zum erfolgreichen Abschluss zu bringen. Während seiner langen Dienstzeit hatte er nie so den großen Gefallen an der Fahndungsarbeit gefunden, weil der Zeitaufwand für die Arbeit eines Fahndungsbeamten immer sehr groß sein musste, bis sich ein Fahndungserfolg einstellte. Martina Bell sah den Einsatz an diesem Morgen eher pragmatisch. „Wir bekommen vielleicht nicht nur Hinweise auf den derzeitigen Aufenthaltsort Wöllners, sondern finden auch etwas, das uns im Mordfall weiter bringt."

„Wie meinst du das", wollte Kai Gellert wissen.

„Nun stell' dir doch mal vor, dass Nadine von ihrem Timo nicht nur vorher von der Flucht etwas gewusst hat…", antwortete Martina sibyllinisch, was sonst eigentlich nicht ihre Art war. Es mag vielleicht an der kurzen Nachtruhe und ihrer damit verbundenen Müdigkeit gelegen haben, aber an diesem Morgen ging Kai ihr durch seine naive Fragerei mächtig auf die Nerven. Sie wollte sich auf die spannende Begegnung vorbereiten, die ihr an diesem Morgen mit der Durchsuchung von Roses Wohnung und deren Vernehmung bevorstand. Auch Landau war gespannt auf Roses Reaktion und teilte die anstehenden Maßnahmen so auf, dass er mit Martina gemeinsam das Gespräch mit Nadine Rose suchen wollte. Kai Gellert und Lukas Grote sollten zunächst die Wohnung in Klosterhausen und im Anschluss die Geschäftsräume in Neumünster nach von Nadine Rose genutzten Handys, Tablets, Computern und schriftlichen Aufzeichnungen durchsuchen, um Hinweise auf ein mögliches Versteck des Gesuchten zu bekommen. Landau wies darauf hin, dass aus dem Besitz von Wöllners Vater auch noch Waffen fehlten."

„Und was soll ich machen?", fragte Claudia Kaufmann, weil Landau sie noch nicht mit einer speziellen Aufgabe betraut hatte. Das änderte sich jetzt. „Wir haben seit gestern Abend nicht nur das Mobiltelefon von Nadine Rose zur Überwachung aufgeschaltet. Der Festanschluss in ihrer Wohnung und der Firmenanschluss in Neumünster sind dazu gekommen. Ich möchte, dass du dir anhörst, was während unserer Maßnahmen dort gesprochen wird und dass du uns sofort wichtige Nachrichten mitteilst."

Etwas enttäuscht nahm Claudia den Auftrag entgegen. Sie wäre gern beim Geschehen vor Ort dabei gewesen.

„Oh, da ist noch was, das hätte ich fast vergessen", sagte Lukas Grote. „Ich habe gestern noch die Bilder der Überwachungskameras vom Bahnhof Elmshorn geprüft. Timo Wöllner ist zu sehen. Er ist nachmittags um fünfzehn Uhr in den Regionalzug der Nordbahn in Richtung Hamburg eingestiegen. Er hatte eine größere dunkle Reisetasche bei sich."

*

Punkt sechs klingelte Landau an der Wohnungstür. Er war überrascht, wie schnell Nadine Rose die Tür öffnete. Sie war nicht vom Klingeln aus dem Schlaf gerissen worden, sondern sie stand in modisch grünem Hosenanzug, offenbar bereit, um zur Arbeit zu fahren, vor Landau und seinem Team und erkannte Martina Bell und Kai Gellert. „Nanu, die Polizei ist schon so früh auf den Beinen", sagte sie höflich und lächelte dabei. „Was kann ich für Sie tun?"

„Frau Rose, wir haben einen Durchsuchungsbeschluss für Ihre Wohnung, Ihr Fahrzeug und Ihre Geschäftsräume", erklärte Landau und fragte, ob man alles Weitere in der Wohnung besprechen könnte. Frau Rose bat Landau samt Team herein und fragte nach dem Grund für die

Durchsuchung. Ihr Ton war nach wie vor höflich. Aufgesetzt höflich, wie Landau fand.

„Haben Sie auf uns gewartet?", fragte er eingangs und zeigte seine Verwunderung darüber, dass die Wohnungstür so schnell geöffnet worden war.

„Nein, nein, warum sollte ich auch", antwortete Rose, „ich wollte nur gerade die Wohnung verlassen, um einen Leihwagen zur Autovermietung zu bringen. Anschließend will ich mit der Bahn nach Neumünster zur Arbeit."

„Mit ‚Leihwagen' sind wir schon beim Thema unseres Besuches", erklärte Landau. „Mit dem Wagen ist gestern ihr mordverdächtiger Freund geflohen. Sie stehen im Verdacht, ihm dabei das Fahrzeug zur Verfügung gestellt zu haben. Das ist strafbar, Frau Rose, und deshalb heute die Durchsuchung. Wir hätten darüber hinaus noch einige Fragen an Sie. Sind Sie bereit, mit uns zu sprechen?"

Nadine Rose zögerte zunächst einige Augenblicke, entschied nach rechtlicher Belehrung durch Landau, mit zur Dienststelle zu fahren um im Gespräch mit Landau und Martina Bell dieses ‚Missverständnis', wie sie es nannte, gründlich aufzuklären. Sie war weiter damit einverstanden, dass die Beamten Gellert und Grote während ihrer Abwesenheit ihre Wohnung und den Leihwagen durchsuchen, auf die Anwesenheit von Zeugen für die Durchsuchungen verzichtete sie ausdrücklich. „Schauen sie sich ruhig um, ich habe nichts zu verbergen."

*

Nadine Rose blieb gesprächsbereit. Die Vorwürfe, die Bell und Landau ihr auf der Dienststelle vorhielten, brachten sie keineswegs aus der Fassung.

„Ja, es ist richtig, ich habe gewusst, dass Timo flüchten wollte. Ja, es war so, dass ich deshalb ein Auto geliehen habe", gestand Rose ohne Zögern. Sie legte wie zum Beleg ihr Smartphone auf den Tisch. „Hier, das hätten Sie ohnehin von mir gefordert. Die SMS Nachrichten von Timo sind noch da. Sie können sie sich ruhig durchlesen. Dann verstehen Sie mich vielleicht."

Landau las die Nachrichten, die Nadine Rose von ihrem Freund aus der Haft erhalten hatte laut vor:

- Ich bin total fertig. Die halten mich tatsächlich für den Mörder von Ellen. Aber ich war das nicht. Warum auch. Du glaubst mir doch, oder?
- Cramer ist schon gut. Aber das dauert alles viel zu lange. Ich bin unschuldig. Matthias Sturm ist ein alter Kunde von mir. Wie das Leben so spielt. Der passt jetzt hier auf mich auf. Er unterstützt mich hier. Das tut gut.
- Du, lass Matthias, es ist für ihn schon schwierig genug.
- Die Koje hier ist das Letzte. Jetzt habe ich wieder schlimme Rückenschmerzen. Mist.
- Ich habe eine Möglichkeit, hier zu verduften. Ich brauche deine Hilfe. Hilfst du mir?
- Ich soll zur Untersuchung ins Krankenhaus. Termin kriege ich kurzfristig. Besorg' ein Auto und komm' damit dann auf den hinteren Parkplatz am Krankenhaus.
- Morgen, neun Uhr. Ich muss hier raus. Dann kann ich mich darum kümmern, den wirklichen Mörder zu finden.

„Das ist ja eine ganze Menge an Information", fand Landau. „Und Sie haben sich darauf eingelassen, ihm zu helfen?"

„Ja, weil Timo das nicht gemacht hat", antwortete Rose, in der Tonlage dieses Mal energisch, weniger freundlich. „Ich kenne ihn. Er war das nicht, wirklich."

Das weitere Gespräch führte Martina Bell, Claudia Kaufmann protokollierte die Aussage am Computer. Während dieser Zeit beobachtete Landau mehrfach die Reaktion von Nadine Rose und war erstaunt über die Unbekümmertheit, die sie in ihren Worten an den Tag legte. Oder war das Verhalten vorgetäuscht? Landau war im Zweifel.

Rose erzählte, mit Timo Wöllner seit über zwei Jahren befreundet zu sein. Sie habe die Verhältnisse in der Ehe der Wöllners gekannt und akzeptiert. Gemeinsame Pläne habe sie nicht mit ihrem Freund gehabt. Ab und zu hätten beide zusammen Kurzurlaub gemacht. Städtereisen - Rom,

Barcelona, Wien. Der Status Quo habe ihr gefallen, weil sie sich jederzeit ohne große Probleme hätte umorientieren können. Den Tatabend schilderte sie genauso wie in ihrer ersten Vernehmung. Ihre Hilfe bei der Flucht erklärte sie erneut mit ihrer Überzeugung, dass Timo unschuldig sei. Er wolle sich selbst darum kümmern, den Mörder seiner Frau zu finden. Das habe er ihr noch einmal versichert, als er zu ihr ins Fluchtfahrzeug gestiegen sei. Ihre Frage, wohin er denn flüchte und wie er den Mörder finden wolle, habe er damit beantwortet, dass es besser sei, wenn sie davon nichts wisse. Sie sei kurz nach der Abfahrt am Krankenaus in Klosterhausen am ZOB ausgestiegen, Timo sei von dort mit dem Audi weitergefahren. Er habe gesagt, dass sie den Wagen abends am Elmshorner Bahnhof abholen solle. Sie kenne den derzeitigen Aufenthaltsort ihres Freundes absolut nicht. Er habe sich noch nicht wieder bei ihr gemeldet.

Am Ende der Vernehmung machte Martina Bell Anstalten, Nadine Rose die Nachrichten, die sie per Whatsapp erhalten hatte, vorzuhalten, obwohl sie die Inhalte ja nicht kannte. Ein Blick zu ihrem Chef genügte, um danach nicht zu fragen und den Bluff zu unterlassen. Landau signalisierte ihr mit einem nur angedeuteten Kopfschütteln, die Vernehmung an dieser Stelle zu beenden. Er war zur Überzeugung gelangt, dass Rose keine wahrheitsgemäße Aussage gemacht hatte.

*

Er hatte sich Zeit gelassen. Alles war vorbereitet gewesen. Die Idee, in den Zug nach Hamburg zu steigen und bewusst damit eine falsche Spur zu legen, fand Wöllner auch am Tag danach noch genial. Ihm war klar gewesen, dass die Überwachungskameras ihn auf dem Elmshorner Bahnhof aufnehmen würden. Im Hamburger Hauptbahnhof wäre es schon schwieriger gewesen, ihn im Getümmel der vielen Menschen auf den Bildern der dort installierten Kameras zu entdecken. Immerhin strandeten hier täglich fast eine halbe Million Fahrgäste, und Wöllner hatte die Zeit im Zug nach Hamburg genutzt, seine blaue Jeansjacke gegen einen grauen Hoodie aus der Reisetasche auszuwechseln. Die Kapuze hatte er beim Aussteigen auf dem Hauptbahnhof tief ins Gesicht gezogen, die Reisetasche in eine dafür vorgesehene Rieseneinkaufstüte vom ‚Bauhaus' gesteckt. Eine Auswertung der Kamerabilder nach ihm war dadurch erheblich erschwert worden. Wöllner war fast übermütig in den Regionalzug gestiegen, der ihn zurück in den Norden führen sollte. Allerdings war er nicht wieder in Elmshorn ausgestiegen, sondern bis nach Neumünster weiter gereist. Am Bahnhof Neumünster Süd war er ausgestiegen. Der türkische Friseur eines in Bahnhofsnähe befindlichen Barber Shops hatte einen Spaß gemacht, als Wöllner dort erschienen war, um seine normallangen Haare in einen kurzen Stoppelkahlschnitt wandeln zu lassen. „Das letzte Mal kam gleich die Polizei dazu und hat den Kunden mitgenommen. Er hatte seine Anschrift hier in der Nachbarschaft in der Boostedter Straße, da sollte er auch wieder hin", hatte der Türke bemerkt und sein Lachen erst eingestellt, als Wöllner ihn böse angestarrt hatte. Wöllner wusste, dass sich die große JVA in der Boostedter Straße befand.

Nachdem sein Aussehen sich so dermaßen verändert hatte, dass Wöllner sich kaum selbst wieder erkennen konnte, war er zum McDonald's Parkplatz in der Altonaer Straße gegangen. Dort war er abgestellt, der gut erhaltene Mercedes Sprinter, aufwändig von einer Fachfirma zum Top-Wohnmobil ausgebaut. Mit seiner moderaten Gesamtlänge auch für den Alltagsverkehr geeignet. Den Fahrzeugschlüssel hatte er in der Reisetasche dabei gehabt. Wöllner war sehr zufrieden, Nadine hatte alles bestens vorbereitet. Das Smartphone hatte im Handschuhfach gelegen. Der Tank des Wohnmobiles war voll und im Kühlschrank hatten sich leckere Lebensmittelvorräte befunden.

Timo Wöllner war guter Dinge gewesen, als er mit dem Sprinter den Holsatenring Richtung Plöner Straße fuhr. Nur in Höhe der Boostedter Straße war ihm etwas mulmig zumute, zu deutlich waren die Umrisse des riesigen Gefängnisses zu sehen. Die Nacht hatte er am Plöner See verbracht. An der Anlegestelle Fegetasche für die Fünf-Seen-Rundfahrt lag ein großer Parkplatz gegenüber dem gleichnamigen Café an der B 76. Jetzt in der Saison parkten dort gegen Abend mehrere Wohnmobile, daher hatte

Wöllner keine Befürchtung, dort eine Polizeikontrolle erleben zu müssen, die dann mit großer Sicherheit seiner bis dahin perfekten Flucht ein jähes Ende bereitet hätte. ‚Zur Wiederherstellung der Fahrtüchtigkeit' nutzten einige Wohnmobilisten diesen idyllischen Parkplatz zwischen dem Großen Plöner See und dem Höftsee. Wöllner hatte sich gegen eine kleine Wanderung an den Seen entschieden. Der Tag war aufregend und anstrengend gewesen, daher hatte er von den Vorräten eine kleine Dose Hareico Würstchen geöffnet und den Inhalt mit einer Flasche Flensburger Pils zusammen genossen. Danach hatte er bis fünf Uhr morgens durchgeschlafen und war unmittelbar danach gestartet.

*

Die Durchsuchung der Geschäftsräume von Nadine Rose in Neumünster war ohne bahnbrechende Ergebnisse, wie Lukas Grote am Morgen darauf in der Frühbesprechung des 1. Kommissariats verkündete. „Wir haben alles auf den Kopf gestellt und auch die Mails auf dem Geschäftsrechner gelesen. Die Kollegin von Nadine war ganz aufgeregt, als wir dort gestern mit dem Durchsuchungsbeschluss aufschlugen. Sie konnte uns über einen Timo Wöllner überhaupt nichts berichten. Den Namen will sie noch nie gehört haben."

Kai Gellert, der mit Grote zusammen in Neumünster gewesen war, ergänzte: „Naja, nun weiß die Kollegin jedenfalls, dass ihre Chefin mit einem flüchtigen Mörder liiert ist. Da ist bestimmt ordentlich Stimmung heute in bei Immobilien-Rose."

„Nun gut, der Druck ist aufgebaut", sagte Christian Landau, „vielleicht hören wir heute etwas in der Telefonüberwachung."

„Nadine Rose ist sehr raffiniert", kommentierte Martina Bell, „es würde mich wundern, wenn sie über Telefon etwas verrät, was uns weiterbringen könnte."

„Die ist nicht nur raffiniert, die ist auch abgebrüht", fand Claudia Kaufmann und wandte sich an Martina. „Du konntest doch noch so brisante Fragen stellen, nichts hat sie aus der Ruhe bringen können. Zeitweise habe ich geglaubt, dass sie von Wöllner wirklich nur benutzt wurde. Die ist wirklich cool, die Rose."

„Warum sollte ich ihr nicht vorhalten, dass sie per Whatsapp Nachrichten erhalten hat?", fragte Martina ihren Chef. Sie hätte Nadine Rose zu gern damit unter Druck gesetzt. Landau zog seine Augenbrauen hoch, als er sagte: „Noch weiß sie nicht, was wir alles überwachen. Das erhöht die Chance, dass wir etwas über unseren Flüchtigen erfahren." Dann erzählte er von einem uralten Fall, in dem ein flüchtiger Mörder über viele Wochen wie vom Erdboden verschwunden war. Landaus alter Chef Udo Lorenz war der einzige im Kommissariat gewesen, der darauf gesetzt hatte, dass der Flüchtige sich irgendwann mit seiner Ehefrau in Verbindung setzen würde. Lorenz hatte Spott und Hohn seiner Kollegen über sich ergehen lassen müssen, weil die Überwachung des Telefons der Ehefrau des Mörders absolut nichts erbrachte. Die Ehefrau hatte sich bei ihrer Befragung sehr negativ über ihren Mann geäußert. Sie wollte angeblich nie wieder etwas mit ihm, dem Mörder, zu tun haben und würde unverzüglich die Polizei rufen, wenn er sich bei ihr melden oder gar auftauchen würde. „Wer kennt schon die Frauen", war die Meinung von Udo Lorenz gewesen, als Landau ihn mehrfach auf die Einstellung der Ehefrau des Flüchtigen hingewiesen und die Telefonüberwachung als überflüssig bezeichnet hatte. Doch es sollte anders kommen. Nach vielen Wochen der Überwachung gab es nur ein einziges Telefonat, das Lorenz' Aufmerksamkeit erregte und ihm in seiner Ansicht Recht gab. Genauer gesagt, waren es nur wenige Worte, die am Telefon gewechselt worden waren. Der männliche Anrufer, nach Lage der Dinge der flüchtige Mörder, fragte: „Treffen wir uns?"

Die Ehefrau entgegnete: „Wo und wann?"

Der Vorschlag des Mannes: „Weißt du noch, an welchem Tag wir uns kennengelernt haben? Weißt du auch noch, wo das war?"

Nach diesem Telefonat war die Ehefrau des Mörders rund um die Uhr vom MEK observiert worden. Es hatte noch zwei Tage gedauert, bis die Frau mit einem Taxi zum Bahnhof fuhr, um von dort eine Bahnreise durch die halbe Republik zu machen. Beamte des MEK hatten die Reise mitgemacht, im Zug und parallel dazu in Dienstwagen, um bei jedem Bahnhofshalt des Zuges auch außerhalb präsent und mobil zu sein. In Göttingen hatten sie ihn entdeckt, als er am Bahnstieg auf das Einlaufen des Zuges wartete. Er hatte keine Zeit mehr gehabt, seinen großkalibrigen Revolver auf die heranstürzenden MEK-Männer zu richten. Seine Ehefrau hatte bei ihrem Eintreffen in Göttingen nur noch mitbekommen, wie ihr Ehemann an Händen und Füßen gefesselt abgeführt wurde.

Als Landau diese Geschichte zu Ende erzählt hatte, war es ausgerechnet der Jüngste in der Runde, der einen Kommentar dazu abgab. „Wer kennt schon die Frauen?", unkte Kai Gellert. „Das ist gut, das merke ich mir für die Zukunft."

Martina Bell war über diese Bemerkung des jungen Kollegen wenig erfreut und konterte: „Wenn du erst einige Jahre in diesem Geschäft hier verbracht hast, dann wirst du hoffentlich gemerkt haben, dass ein Mann ebenso falsch spielen kann." Zu ihrem Chef gewandt, fragte sie: „Warum erzählst du uns eigentlich diese alte Geschichte? Was willst du uns damit sagen?"

„Es stimmt, Männer können genauso gut täuschen, Martina", antwortete Landau. „Ich habe diese alte Kamelle erzählt, weil wir das Thema neulich schon einmal hatten. Nichts ist so, wie es scheint. Das muss man sich als Ermittler immer vor Augen halten."

Eigentlich sollte nun die Aufgabenverteilung für den Tag erfolgen, doch die entspannte Lage im Besprechungsraum änderte sich unverzüglich, als Clarisssa Scheunemann, die Kriminaltechnikerin mit den roten Haaren, mit verbissener Miene den Raum betrat. Im Wöllner-Mordfall hatte sie soeben Teilergebnisse der KTU des LKA per Mail bekommen. Diese waren so brisant, dass sie den Ermittlern davon unverzüglich berichten wollte.

„Ihr glaubt es nicht", begann sie ihre Ausführungen, „aber das ist wirklich ein Ding." Mit diesen Worten hatte sie die Aufmerksamkeit aller im Raum auf sich gezogen. „Wir hatten neben Wöllners Arbeitszimmer in der Abseite doch den Koffer mit der Münzsammlung, dem Revolver und den weißen Baumwollhandschuhen gefunden."

„Ja, und was ist damit?", fragte Christian Landau.

„Das mit der Untersuchung hat etwas gedauert", erklärte Clarissa aufgeregt und die Farbe ihres Gesichts passte sich der ihres Haares an. „Hans Gerlach ist gleich am Tag nach der Tat zur Kur gefahren und ich musste mich allein um alles im Fall Wöllner kümmern. Bei den Handschuhen handelt es sich um die selten am Markt angebotene Marke „Star", erkennbar an den beiden roten Parallelstreifen am Ende des Bundes."

„Nun erzähl' schon, was es Neues gibt", drängelte Landau. Er mochte es nicht haben, wenn jemand so wie Clarissa jetzt um den heißen Brei herumredete. Die berichtete zunächst von der guten Nachricht. „Die Waffe ist auch die Tatwaffe. Ellen Wöllner ist damit eindeutig erschossen worden." Die weniger gute Nachricht lautete: „An der Waffe finden sich keinerlei Spuren des Tatverdächtigen. Weder daktyloskopische noch genetische Spuren. Die Waffe ist blitzsauber."

„Das ist doch keine Überraschung", wandte Kai Gellert ein. „Wöllner hat doch diese weißen Baumwollhandschuhe getragen, damit er keine Spuren hinterlässt."

Clarissa verzog ihr Gesicht so, als hätte sie gerade in eine Zitrone gebissen. „Das ist es ja. Dann hätten an den Handschuhen außen Schmauchspuren zu finden sein müssen und zumindest innen die genetischen Spuren von Wöllner. Aber Schmauchspuren waren nicht an den Handschuhen, sie waren außen blitzsauber."

„Dann hat Wöllner die Handschuhe nach der Tat gewaschen, um die Spuren auch hier zu beseitigen", erklärte Gellert diese Umstände. Ihm war im Gegensatz zu seinen Kollegen nicht aufgefallen, dass Clarissa fast schon verzweifelt in die Runde blickte.

„Und welche Spuren waren in den Handschuhen", fragte Landau, der nun eine Antwort befürchtete, die den Ermittlungsverlauf auf den Kopf stellen könnte.

„Männliche Fremd-DNA. Bisher nicht zugeordnet."

*

Die A 20 Richtung Osten war stark befahren an diesem schönen Sommertag. Dicht an dicht drängelten sich die Urlauber in ihren Fahrzeugen, um ihre Ferienziele an der

Ostseeküste von Mecklenburg-Vorpommern zu erreichen. Timo Wöllner fühlte sich sicher in seinem Mercedes-Wohnmobil. Ihm war zwar klar, dass er bei einer Verkehrskontrolle ein hohes Risiko einging. Sein Personalausweis lag sicher in der JVA, doch seinen Führerschein hatte er bei seiner Festnahme nicht dabei gehabt. Der war in der kleinen Gepäcktasche gewesen, die er schon vor längerer Zeit bei Nadine Rose für die Fälle gelassen hatte, dass er bei ihr über Nacht blieb.

Das Wohnmobil war auf die Firma Immo-Rose zugelassen, und zwar schon zu Zeiten, als Nadines Vater die Geschicke von Immo-Rose noch lenkte Er hatte nicht nur in Schleswig-Holstein an der Kieler und Lübecker Bucht gute Geschäfte mit Ferienimmobilien gemacht. Auch in den aufstrebenden Ferienorten an der Ostsee in Mecklenburg-Vorpommern war Immobilien-Rose erfolgreich gewesen. Rose Senior hatte die Vorzüge eines Wohnmobils zu schätzen gewusst, wenn er Kaufinteressenten von Ferienwohnungen persönlich vor Ort beriet. Seine Tochter war weniger begeistert davon, das Fahrzeug geschäftlich zu nutzen. Bei ihren mehrtägigen geschäftlichen Aufenthalten in den weiter entfernt liegenden Ostseeferienorten hatte sie lieber ein gutes Hotel der mobilen Unterkunft vorgezogen. Aber von dem Fahrzeug hatte sie sich auch nicht trennen wollen. Ab und zu waren Freunde oder Bekannte dankbar gewesen, wenn sie es für einen Kurzurlaub oder Wochenendtrip ausleihen konnten. Und nun war Timo Wöllner damit unterwegs. Er hatte richtig gebummelt, seitdem er in Plön gestartet war. Wie ein Urlauber das so macht, hatte er sich schmunzelnd gesagt. Doch jetzt am späten Nachmittag war er froh, nicht mehr in Schleswig-Holstein zu sein. Er stellte sich vor, dass die Polizisten dort bei einer Kontrolle gründlicher vorgehen würden, weil die Flucht eines Mordverdächtigen intensiver kommuniziert werden würde. In Mecklenburg-Vorpommern hätten die Beamten sicher andere Sorgen, dachte er sich. Er war gerade mit dem Sprinter auf den Rastplatz Schönberg Land gefahren, als das Smartphone klingelte. Eine ihm nicht bekannte Nummer war im Display erkennbar und das beunruhigte ihn. Hatten seine Verfolger bei der Polizei Nadine zum Reden gebracht? Hatte sie ihn verraten und die

Nummer preisgegeben? Wollte die Polizei nun seinen Standort herausfinden? Wöllner rang einige Zeit mit sich selbst, ehe er die Annahmetaste drückte.

*

Damit hatte er nicht gerechnet. Landau wusste noch sehr genau, dass er dem Tatverdächtigen die Frage gestellt hatte, wessen genetische Spuren sich wohl in den weißen Baumwollhandschuhen finden lassen würde. Er war sicher gewesen, Wöllners Spuren dort nachweisen zu können. Und nun das. Unbekannte genetische Spuren. Was hatte das zu bedeuten? Gab es womöglich doch einen anderen Täter? Es war mucksmäuschenstill im Besprechungsraum, als Clarissa Scheunemann das alle überraschende Ergebnis mitgeteilt hatte. So, als wäre ein Film angehalten worden, verhielten sich die Besprechungsteilnehmer. Sie warteten gespannt auf die Fortsetzung, und die stand gerade absolut im Dunkeln.

Während Landau sich auf seinem Stuhl zurücklehnte und für einen Moment die Decke anstarrte, als käme ein Rat von oben, sah man in Grotes Gesicht förmlich, dass es in dem Mann heftig arbeitete. Der Ermittler mit dem Beinamen ,der Genaue' analysierte für sich die Nachricht der KTU und sagte: „Isoliert betrachtet könnte das Ergebnis bedeuten, dass Wöllner nicht unser Täter ist. Andererseits hatte er genügend Zeit, die Spurenlage so zu verändern, wie sie jetzt vorgefunden wurde."

Martina Bell verzog ihr Gesicht. „Das verstehe ich nicht ganz. Was meinst du genau?"

„Fangen wir an mit der Tatwaffe. Sie ist es eindeutig, aber sie ist gesäubert worden. Kein Schmauch, kein DNA, keine Fingerabdrücke. Hier sollten keine Spuren Rückschlüsse zulassen. Dann die Handschuhe. Kein Schmauch, außen keine genetischen Spuren, nur innen. Da stellt sich doch die Frage, ob diese Handschuhe überhaupt bei der Tat benutzt worden sind."

Clarissa meldete sich zu Wort. „Da ist noch etwas merkwürdig, denn wir haben weder genetische noch daktyloskopische Spuren an dem Koffer, an und in der Metallkassette mit den Goldmünzen und an und im

Wertfach des Wohnzimmers sichern können. Das war alles wie geputzt. Picobello sauber."

„Zumindest an der Kassette oder an den Kunststoffhüllen für die Münzen darin hätten Spuren sein müssen", folgerte Grote. „Ich denke, wir sollen in eine bestimmte Richtung gelenkt werden."

„Oder die angeblich so dicke Beweislast soll allmählich bröckeln", fand Martina. „Ein fremder Täter hätte doch die Tatwaffe und die wertvollen Münzen samt Koffer nicht gereinigt am Tatort zurückgelassen."

„Vielleicht hat Wöllner auch gedacht, dass wir die versteckten Sachen nicht finden", warf Jungkommissar Kai ein. Er konnte sich einfach nicht vorstellen, dass ein anderer für den Mord an Ellen Wöllner in Frage kommen könnte.

„Warum wurden die Sachen denn überhaupt sauber gemacht?", fragte Martina. „Macht das Sinn?"

„Klar", entgegnete Grote. „Die Waffe und die vermeintlich entwendeten Münzen stehen doch angeblich mit der Tat in Verbindung. Daran andere Spuren als die von Timo Wöllner zu manipulieren, ist nicht so einfach zu machen. Anders ist es mit den Baumwollhandschuhen. Die kann Wöllner zum Beispiel irgendwo gefunden und mit nach Hause gebracht haben. Derjenige, der die genetischen Spuren in den Handschuhen hinterlassen hat, muss überhaupt nichts mit der Tat zu tun haben."

Landau hatte sich die Worte seiner Kollegen gespannt angehört und es als sehr wohltuend empfunden, wie konstruktiv diese Diskussion war. Ein Gedanke beschäftigte ihn schon seit der Rose-Vernehmung wenige Stunden zuvor. „Sollte sich wirklich bestätigen, dass wir keinen anderen Tatverdächtigen als Wöllner haben, dann ist es eine gut vorbereitete Tat gewesen. Und dann spielt auch seine Freundin vielleicht eine wichtige Rolle dabei."

*

Wöllners Befürchtungen waren nicht begründet gewesen. Nadine war die Anruferin mit der ihm unbekannten Rufnummer. Sie hatte nach der Durchsuchung und der Kripo-Vernehmung eine vor längerer Zeit bei ebay erworbene anonyme Prepaidkarte in ihr Handy gelegt.

Damit wollte sie jetzt mögliche Abhörmaßnahmen der Polizei ins Leere laufen lassen, hatte sie ihrem Freund bei ihrem ersten Anruf mitgeteilt. Auch das Smartphone, das Wöllner nutzte, hatte eine solche Karte. Nadine hatte sich die Karten zugelegt, um sie gegebenenfalls geschäftlich zu nutzen. Wöllner fand, dass Nadine sehr umsichtig gehandelt hatte.

Überwältigt von ihrem Ideenreichtum war er, als er ihren nächsten Vorschlag hörte, um für die nächste Zeit vor polizeilichen Kontrollen geschützt zu sein. War schon die Nutzung des firmeneigenen Wohnmobils eine große Chance zum Untertauchen, so erhöhte der Vorschlag, dass Wöllner in möblierten Wohnungen aus dem Angebot von Immo-Rose unterkommen könne, diese erheblich. Die Angebote würden für die Zeit, in der Wöllner sie nutze, als reserviert deklariert. Die erste Wohnung für Wöllner befand sich in einem Appartementhaus in Warnemünde in der Straße ‚Am Strom'. Nadine hatte ihm die Anschrift durchgeben. Mit dem Smart-Phone war es für Wöllner ein Leichtes, das Ziel anzusteuern. Auf dem Hof des vierstöckigen Hauses mit circa fünfzig Wohnungen stand genug Platz zum Abstellen des Mercedes-Sprinter zur Verfügung. Trotz der Ferienzeit schien das Haus nur ungefähr zur Hälfte bewohnt zu sein. Nadine hatte über das Objekt erzählt, dass viele Appartements eigengenutzte Zweitwohnungen von Berlinern seien, daher sei das Haus im Gegensatz zu anderen in Warnemünde ein sehr ruhiges. Die Bewohner führten dort ein anonymes Eigenleben, man kannte sich untereinander kaum. Ideal für einen Mann wie Timo Wöllner.

Neben dem Hintereingang des Hauses befand sich der Schlüsselsafe. Nadine hatte ihm den Code mitgeteilt, und so war es für Wöllner kein Problem, seine neue Bleibe zu beziehen. Als er mit dem Fahrstuhl in den vierten Stock fuhr und das Zwei-Zimmer-Appartement betrat, da fühlte er sich sofort wohl in der mit modernen, hellen Möbeln eingerichteten Wohnung. Hier war er für die nächsten drei Wochen bestens untergebracht. Mit seinem veränderten Aussehen konnte er sich unauffällig in der von Touristen gut besuchten Stadt bewegen, und sogar das Leben ein wenig genießen. Nadine hatte auch dafür gesorgt, dass er

ausreichend mit Bargeld versorgt war. In seine Reisetasche
hatte sie einen Briefumschlag mit dreitausend Euro
gesteckt. Timo Wöllner dachte sich, dass im Laufe der Zeit
der Fahndungsdruck nachlassen würde. Solange müsse er
sich verborgen halten. Er war zuversichtlich. Zunächst galt
es, Verbindung zu seinem Anwalt aufzunehmen.

10.

So intensiv sie auch im Umfeld des Gesuchten wühlten, so
mächtiger war die Frustration im 1. Kommissariat darüber
gewachsen, dass ein Fahndungserfolg so schnell nicht mehr
in Aussicht stand. Die LKA-Zielfahndung war mittlerweile
in Chile unterwegs, um einen Kieler Drogendealer, der im
Verdacht stand, seinen Partner in Eckernförde erschlagen
zu haben, in dem südamerikanischen Land aufzuspüren.
So blieb die Fahndungsarbeit im 1. Kommissariat hängen.
Ein regionales Fahndungskommissariat wie es früher auch
in Klosterhausen noch existierte war vor Jahren einer
Polizeireform in Schleswig-Holstein nicht nur sehr zum
Ärger von Landau zum Opfer gefallen. Er hatte alle
Fahndungshinweise auf Wöllner inzwischen zweimal mit
bewusst gewechseltem Personal prüfen lassen, wobei keine
Fortschritte zu verzeichnen waren. Vierzehn Tage nach der
erfolgreichen Flucht von Timo Wöllner waren diese
Hinweise allesamt durchermittelt. Eine Bestandsaufnahme
war angesagt. Und die fand an diesem Montagnachmittag
Mitte August wie üblich im Besprechungsraum statt. Zum
Wochenende hatte sich Claudia Kaufmann in den Urlaub
abgemeldet. Wegen der angespannten Lage in dem kleinen
Kommissariat hätte sie am liebsten den Urlaub verschoben,
konnte es aber nicht, weil sie und ihr Freund zusammen
eine Seereise gebucht hatten. Sie wollten von Hamburg aus
mit einem supermodernen norwegischen Schiff die gesamte
norwegische Küste bis zum Nordkap und zurück fahren.
Eine Stornierung der Reise hätte für Claudia hohe
finanzielle Nachteile gebracht. Anders war Lukas Grote
davor gewesen. Der sportliche Hauptkommissar cancelte
seinen Urlaubsplan. Eigentlich hatte er vorgehabt, mit
einem Rennrad Mallorca unsicher zu machen. Seine Frau
hätte sich in der Zeit seiner sportlichen Unternehmungen
mit dem Strandleben vergnügt. Sie mochte nicht Radfahren,

schon gar nicht auf Mallorca. Um die Kosten in Grenzen zu halten, sollte erst noch ein Last Minute-Flug gebucht werden. Grotes Frau kannte und akzeptierte die Einstellung ihres Mannes: Dienst geht vor. Deshalb hatte Grote seinen Urlaub gar nicht erst angetreten und nur beiläufig erwähnt, dass er mit seiner Frau wohl dann im Winter zum Skilaufen fahren würde. Das würden beide gerne zusammen machen.

Die Sonne schien schon seit früh morgens durchgehend und brachte ihre Wärme nun am Nachmittag durch die großen nach Südwesten gelegenen Fenster in den Besprechungsraum. Das machte den Aufenthalt dort durch den Wärmestau unangenehm. Kai Gellert öffnete alle drei Fensterflügel, was zur Folge hatte, dass der Verkehrslärm von der am Dienstgebäude vorbeiführenden um diese Uhrzeit stark befahrenen Kaiserallee die Besprechung beeinträchtigte.

Um die etwas ungünstigen Bedingungen abzumildern, hatte Christian Landau sich einen besonderen Motivationsschub ausgedacht. Er war kurz zuvor in Toni's Eissalon gewesen und hatte für sein Team und sich jeweils eine große Portion Eis mit Sahne und Erdbeersauce geordert. Das kam gut an und hob die Stimmung. „Das kannst du gerne jeden Tag mitbringen", freute sich Martina Bell und schob sich darauf den Eislöffel mit Straciatella-Eis in den Mund.

„Kommen wir zur Sache", eröffnete Landau die Runde, nachdem alle ihr Eis verzehrt hatten. Kai Gellert meldete sich zuerst zu Wort. „Wöllner ist bestimmt ins Ausland getürmt. Wir haben doch auch die Fahndung in den Medien sehr intensiv betrieben, mit Bild und so. Darauf sind keine brauchbaren Hinweise eingegangen. Der ist nicht mehr hier in Deutschland, bestimmt nicht."

Lukas Grote atmete tief und zog seine Stirn hoch. „Das könnte natürlich erklären, dass wir nicht weiterkommen. Es kann aber auch sein, dass er sein Aussehen stark verändert hat. Und sehr wahrscheinlich ist es, dass er bei seiner Flucht unterstützt wird. Der muss doch irgendwie leben, aber mit seinem Konto tut sich nichts."

„Da bleibt eigentlich nur die Rose", sagte Martina Bell und nickte mehrfach mit dem Kopf, um damit ihre Folgerung zu unterstreichen. „Ich meine, wir sollten uns noch intensiver mit ihr beschäftigen. Nur warten, ob sich am Telefon etwas tut, bringt uns nicht weiter."

„Was meinst du genau", wollte Kai Gellert wissen.

„Wir haben nun schon mehrfach mit ihr gesprochen, aber das hat nichts gebracht", erläuterte Martina. „Wir sollten in ihrem Umfeld mehr nachfragen. Nadine Rose hat doch einen Bekanntenkreis, Eltern, Mitarbeiter, Berufskollegen. Wenn wir dort aufschlagen, dann baut das Druck auf und Nadine wird vielleicht nervös."

„Das ist eine gute Idee, was die Fahndung nach Wöllner angeht", fand Landau. Er brachte das Gespräch nun aber auf einen ganz anderen Punkt. „Was den Mordfall Ellen Wöllner betrifft, da wird uns mit Sicherheit von Rechtsanwalt Cramer weiter vorgehalten werden, dass wir nur in eine Richtung ermittelt haben, und zwar in Richtung Ehemann."

„Wir haben nach der Inhaftierung von Wöllner gesagt, dass wir keinen anderen Täter suchen", protestierte Kai Gellert.

„Das stimmt", sagte Landau, „aber da kannten wir noch nicht das DNA-Ergebnis von den Baumwollhandschuhen. Ich denke ja auch, dass Wöllner der Mörder ist. Den Spurenverursacher für die Baumwollhandschuhe sollten wir dennoch ermitteln."

„Und darüber hinaus wissen wir immer noch nicht, wo die restlichen Waffen von Wöllner Senior abgeblieben sind", ergänzte Lukas Grote.

Kai Gellert meldete sich zu Wort. „Gestern ist das Ergebnis unserer IT-Spezialisten von der Untersuchung des Geschäfts-Notebooks von Wöllner gekommen. Das hat ganz schön lange gedauert. Ich habe schon in das Protokoll geguckt. Es sind lediglich Dateien mit den Aufträgen und den Abrechnungen seiner Geschäftskunden verzeichnet. Keine gelöschte Daten und so."

„Wie viele Kunden hatte er denn?", wollte Grote wissen.

„Die Dateien sind aus der Anfangszeit von Wollners Firma vor zweieinhalb Jahren bis zur Tatzeit geführt. In diesem Zeitraum hatte Wöllner insgesamt einhundertdrei Kunden. Es sind zum Teil einfache Beratungskunden, aber auch etliche, die von Wöllner die komplette energetische Sanierung ihrer Objekte begleitet haben wollten. Damit hat er gut Geld verdient."

„Es bleibt uns wohl nichts anderes übrig, als dass wir uns diese Kunden genauer ansehen", entschied Landau. Es konnte schließlich sein, dass nicht nur bei dem Kunden Matthias Sturm die Beziehung über ein normales Geschäftsverhältnis hinausgegangen war.

„Dann prüfe ich die Kundendaten erst einmal alle in unserer Erkenntnisdatenbank", sagte Kai Gellert.

In der Besprechung kam man überein, dass Gellert und Grote sich mit Wollners Geschäftskunden beschäftigen, während Bell und Landau sich um den Bereich Immo-Rose kümmern wollten. Ein großer Berg Arbeit stand damit bevor.

11.

Timo Wöllner hatte seine neue Umgebung in den ersten Tagen seines Aufenthalts ganz vorsichtig erkundet. Er verhielt wie ein Tourist und war sicher, hier in der Hauptreise- und Urlaubszeit nicht aufzufallen. Warnemünde als Teil der Stadt Rostock hatte für Gäste allerhand zu bieten. Von einer Aussichtsplattform des Leuchtturms genoss er den Ausblick auf das Seebad Warnemünde. Er spazierte abends auf der Seepromenade bis zum berühmten Hotel Neptun, genehmigte sich in der Bar der obersten Etage einen Scotch und dachte an die vielen prominenten Besucher, die im Laufe der geschichtsträchtigen vergangenen Jahrzehnte diesem Hotel einen Besuch abgestattet hatten und wie die Stasi in diesem Haus von den Gästen Informationen abschöpfte, die diese mit Sicherheit nie und nimmer offen dargelegt hätten. Bei dem Gedanken an die Praktiken der Staatssicherheit der ehemaligen DDR war Timo Wöllner jedoch schnell wieder bei seinem eigenen Problem. Wie konnte er verhindern, dass die Fahndung nach ihm irgendwann doch erfolgreich sein würde? Was sollte er tun, damit die Fahnder nicht hinter das Geheimnis der Hilfe durch Nadine Rose und ihrer Firma kamen? Was sollte er anstellen, damit er in Zukunft als freier Mann leben konnte?

Als Jugendlicher hatte Wöllner einmal den amerikanischen Krimi „Auf der Flucht" gesehen. Harrison Ford spielte den wegen Mordes an seiner Frau zum Tode verurteilten Arzt Richard Kimble, der auf dem Weg zu seiner Hinrichtung nach einem Unfall fliehen konnte und nun während seiner Flucht damit beschäftigt war, den wahren Mörder seiner Frau zu finden. Wöllner war damals so fasziniert von dem Film gewesen, dass er sich auch alle ursprünglichen Filmfolgen aus den 1960er Jahren, in denen der Schauspieler David Janssen den Kimble spielte, angesehen hatte. Fasziniert hatte ihn auch der Umstand, dass es einen wahren Fall in den USA gegeben hatte, der als Vorlage der ursprünglichen Folgen gedient hatte. Und wie war es bei ihm selbst? Seine Frau Ellen war tot. Erschossen im eigenen Haus. Er hatte der Polizei erzählt, dass er unschuldig war. Er musste an Richard Kimble denken, als er den zweiten Scotch hoch oben in der Bar des Hotel Neptun trank. Bei Kimble war letztlich alles gut ausgegangen. Wie würde es bei ihm sein?

Die blonde Frau rechts am Tresen beobachtete ihn genau. Sie war allein und hatte einen rötlichen Cocktail vor sich. Sie hatte ungefähr sein Alter, wirkte sehr gepflegt in ihrem schwarzen Hosenanzug und der roten Bluse. Wöllner fand, dass die attraktive Frau Ähnlichkeit mit der Schauspielerin hatte, die als Gerichtsmedizinerin an der Seite von Ulrich Mühe in der Fernsehserie ‚Der letzte Zeuge' spielte. Wöllner hatte sich die Serie damals regelmäßig angesehen. Aber wie hieß die Schauspielerin noch? In der Serie war ihr Name Dr. Judith Sommer. Den richtigen Namen wusste Wöllner nicht mehr. Die ständige Beobachtung machte ihn neugierig, der zweite Scotch locker. Er wandte sich der Blonden zu. Sie hielt seinem forschenden Blick stand und lächelte freundlich.

„Hallo", grüßte Wöllner und lächelte zurück. „Sind Sie das erste Mal hier im Neptun?" Er fand die Frage selber nicht gerade intelligent und war dennoch gespannt auf die Antwort. Sie strahlte. „Ja, bin ich." Mehr sagte sie nicht, und Wöllner überlegte, wie er das Gespräch fortsetzen könnte. Ein Blick nach links zeigte ihm, dass am linken Tresenflügel noch zwei Gäste waren. Zwei Männer mittleren Alters, die sich angeregt unterhielten und sich nicht für ihre Umgebung interessierten. Der Barkeeper räumte im hinteren Bereich herum, und am rechten

Tresenflügel saß nur die blonde Frau. Er nahm seinen Scotch und setzte sich in ihre Nähe.

„Darf ich?", fragte er höflich. Sie nickte und trank einen Schluck von ihrem Cocktail. Wöllner sah auf das Getränk. „Ist das nicht das Getränk, das seit einigen Jahren in ist? Ach, wie heißt es noch? Ich hab's schon getrunken, aber wie heißt es?".

„Aperol Spritz oder Zisch", antwortete sie und kam Wöllner am Treseneck näher.

Was sie dann sagte, überraschte ihn dann doch. „Sollen wir hier noch lange in Konversation machen oder gleich zur Sache kommen", fragte die Blonde so deutlich, deutlicher ging's nicht. „Ich meine, die Nacht ist kurz. Was meinst du?"

Es dauerte einige Momente, bis Wöllner reagierte. Leicht verwirrt sagte er: „Äh, das ist mal eine Ansage. Äh, ich heiße übrigens Mark, und du?"

„Okay Mark, ich bin Blanka. Und nun?"

Die Überraschung legte sich langsam bei Wöllner. Betont ernst antwortete er: „Wie du schon sagst, die Nacht ist kurz. Wohnst du hier im Hotel?"

Die Blonde nickte. „Na, dann."

„Na, dann", wiederholte Wöllner, zog einen Fünfziger aus seiner Jacke und legte sie dem Barkeeper auf den Tresen. „Stimmt so".

Als er und die blonde Blanka, gerade im Begriff waren, die Bar in Richtung Fahrstuhl zu verlassen, klingelte das Smartphone in Wöllners Jackentasche. Er ging mit dem Telefon einige Meter zur Seite und nahm das Gespräch an.

„Wo bist du? Das Wohnmobil steht auf dem Parkplatz hinter dem Haus und du bist nicht in der Wohnung. Was machst du?" Nadine Rose war nicht gut drauf, als sie an diesem späten Sommerabend anrief. Enttäuschung und auch Wut hörte Timo in ihrer Stimme. Er blickte kurz auf zu der Frau, von der er meinte, mit ihr die kommende Nacht verbringen zu können. Die Blonde sah ihn leicht genervt an, schüttelte den Kopf, drückte den Fahrstuhlknopf und verschwand im Aufzug, als die Tür sich öffnete. Wöllner bekam nicht mehr mit, in welches Stockwerk sie abfuhr. „Hallo, bist du noch da?" Nadine wurde lauter am Telefon. „Ja, klar, ich, ich, ich war nur mal kurz los, um die Gegend hier auszukundschaften. Ist so langweilig allein. Bist du hier in Warnemünde?"

„Es sollte eine Überraschung sein, war ja nun auch eine." Der säuerliche Ton war unüberhörbar.

„Oh, das ist schön, dass du da bist. Bin gleich da." Eilig machte Wöllner sich auf den Weg zum Appartement.

*

Eigentlich war die Arbeit im 1. Kommissariat für diesen Tag aufgeteilt. Doch es kam anders. Die Besprechung war gerade beendet, als sich die Streifenwagenbesatzung von Kloster 1/11 telefonisch bei Landau meldete. Die beiden Beamten Erich Ruhländer und Jochen Sand waren zu einem angeblichen häuslichen Unfall gerufen worden, bei dem ein einjähriges Kind ums Leben gekommen war. Oberkommissar Ruhländer, ein erfahrener Polizeibeamter und eigentlich Dienstgruppenleiter der A-Schicht im Polizeirevier Klosterhausen, hatte es nicht mehr an seinem Einsatztisch in der Wache gehalten, als der Einsatz gekommen war. Zu wichtigen Einsätzen hatte er sich seit geraumer Zeit als Chef der Dienstgruppe nach Möglichkeit selbst zugeteilt, meistens dann mit seinem langjährigen Kollegen Jochen Sand zusammen. Sand war ebenso wie Ruhländer seit knapp dreißig Jahren Polizist in Klosterhausen. Beide kannten Land und Leute wie kaum ein anderer. Christian Landau wusste, dass er sich bei den beiden Kollegen hundertprozentig auf deren Erfahrung verlassen konnte. Wenn sie befanden, dass etwas nicht mit rechten Dingen zugegangen sei, dann war da meistens etwas dran. Ruhländer telefonierte per Handy aus einer Wohnung in dem Mehrfamilienhaus Kantstraße 28.

„Hallo Christian, ich bin hier bei der griechischen Familie Petridis. Der ein Jahr alte Sohn Zino liegt tot im Elternschlafzimmer. Seine Mutter sagt, er sei irgendwie aus dem Bett gefallen und mit dem Kopf gegen den in der Nähe befindlichen Heizkörper gestoßen. Der Notarzt kann diesen Hergang so nicht bestätigen und meint, dass hier wahrscheinlich Fremdverschulden vorliegt.

„Wie kommt er darauf?", wollte Landau wissen.

„Der Arzt erklärte, dass am Kopf keine Verletzungen erkennbar sind, die so ein Unfallgeschehen belegen. Vielmehr hat er beim Abtasten des Kopfes bemerkt, dass dort von der Seite her stumpfe Gewalt eingewirkt haben dürfte, wahrscheinlich liegt ein Schädelbruch vor.

„Wann ist das Kind gestorben?"

„Der Kleine ist schon gut zwei Stunden tot, sagt der Arzt."

„Okay, wir kommen", entschied Landau und bat Ruhländer bis zum Eintreffen des 1. Kommissariat vor Ort zu bleiben. „Das war es wohl erstmal mit unserem Fahndungseinsatz", erklärte er seinen Leuten im Anschluss an das Telefonat.

*

„Frau Petridis, das stimmt so nicht". Landaus Worte waren deutlich. Sein Gesicht sehr ernst. Die zierliche Frau mit den schwarzen halblangen Haaren saß ihm jetzt am frühen Abend im Vernehmungsraum gegenüber. Martina Bell saß rechts neben der Mutter des toten Zino und beobachtete schweigend ihre Reaktion. Viel war an diesem Tag auf Zoe Petridis eingestürzt. Zunächst der Einsatz des Notarztes, den sie selbst alarmiert hatte, nachdem sie ihren Sohn leblos neben dem Ehebett in ihrem Schlafzimmer aufgefunden hatte. Das Schreien und Weinen ihrer fünfjährigen Zwillinge Leon und Ilias, die nahezu hysterisch waren, als sie das Bemühen des Notarztes um ihren kleinen Bruder von der Schlafzimmertür aus beobachteten und schließlich von der Mutter bei einer Nachbarin untergebracht wurden. Die bohrenden Fragen der beiden uniformierten Polizisten. Die immer und immer wieder nachfragenden Kripobeamten. Die in Zivil gekleideten Beamten, die mit Fotogerät und anderen Utensilien ihr Schlafzimmer genauesten inspizierten. Ganz schlimm für die Mutter war der Mediziner, der später gekommen war und ihren toten Zino immer wieder am Kopf angefasst und intensiv betrachtet hatte. Dann der schmerzhafteste Augenblick, als der Bestatter Mager und sein Mitarbeiter ihren Sohn in einem weißen Plastiksack auf einer Trage aus der Wohnung getragen hatten, um ihn angeblich ins Krankenhaus zu bringen. Da hatte auch sie geschrien, verzweifelt geweint und war letztlich im Flur zusammengebrochen. Die Beamtin, die jetzt neben ihr im Vernehmungsraum saß, hatte sie getröstet und gesagt, dass genau geklärt werden sollte, woran Zino gestorben sei. Aber das hatte sie doch schon alles gesagt. Sie hatte angegeben, Zino morgens auf das Ehebett gelegt zu haben, um ihren beiden anderen Söhnen im Wohnungsflur Schuhe anzuziehen, weil sie bis zum Mittag noch draußen auf dem Spielplatz neben dem Wohnblock spielen wollten. Ihr Mann Jannis sei schon seit Tagen auf Montage in Bayern und würde erst am Wochenende wieder zu Hause sein. Durch den Spalt der teilweise offen stehenden Schlaf-zimmertür habe sie vom Flur aus beobachtet, dass Zino im Ehebett herumkrabbelte und ganz plötzlich mit dem Kopf voran seitlich aus dem Bett gefallen sei. Dabei sei er heftig mit dem Kopf gegen den an der Seite befindlichen Heizkörper gestoßen, habe zunächst noch gezappelt und gejammert, sei dann ganz still gewesen und habe sich nicht mehr bewegt. Sie habe ihn hochgehoben und aufs Bett gelegt. Da habe er sich aber nicht mehr gerührt und auch nicht geatmet, deshalb habe sie über 110 den Notarzt gerufen.

Aber das hatte die Kripo ihr nicht geglaubt und ihr immer wieder vorgehalten, dass alles ganz anders gewesen sein muss. „Dann müssen wir Sie jetzt mitnehmen", hatte ihr der Kripo-Mann, der sie jetzt im Verhörraum befragte, erklärt und ergänzt: „Es besteht der Verdacht, dass Sie ihren Sohn so verletzt haben, dass er an daran gestorben ist." Und nun drängte der Kripo-Mann weiter. Immer schlimmer wurde der Druck. Aber nein, sie würde nichts anderes sagen können. Das wusste sie genau. Sie würde niemals etwas anderes sagen.

„Frau Petridis, ich erkläre es noch einmal. Ein Arzt hat Zino heute Nachmittag ganz genau untersucht. Ganz genau, verstehen Sie?" Dass der Kleine von Rechtsmediziner Dr. Arndt obduziert worden war, wollte Landau zu diesem Zeitpunkt noch nicht sagen. Wohl aber das eindeutige Ergebnis: „Zino ist nicht mit dem Kopf gegen den Heizkörper geschlagen, Frau Petridis. Da hat jemand mit großer Gewalt gegen seinen Kopf geschlagen oder getreten. Frau Petridis, haben Sie heute ihren Sohn geschlagen?"

Entsetzt schaute Zoe Petridis auf Landau und doch irgendwie durch ihn hindurch. Ihre Augen weit geöffnet, schüttelte sie ihren Kopf heftig hin und her, sagte aber kein Wort.

„Wir müssen davon ausgehen, dass Sie ihren Sohn geschlagen haben", folgerte Landau. „Sie werden auch nicht wieder nach Hause gehen können, weil Sie sehr wahrscheinlich in Untersuchungshaft genommen werden." Diese Ankündigung änderte das Verhalten von Zoe Petridis überhaupt nicht. Sie schüttelte nur weiterhin ihren Kopf. Landaus Worte wurden eindringlicher: „Wer soll sich dann um ihre beiden Zwillinge kümmern, wenn Sie im Gefängnis sind? Ist Ihnen das ganz egal? Was sollen wir Ihrem Mann erzählen? Müssen wir Jannis Petridis sagen, dass seine Frau den kleinen Zino totgeschlagen hat? Müssen wir das? Frau Petridis, sagen Sie, was ist geschehen? Reden Sie!"

Zoe schwieg weiter. Sie senkte ihren Kopf und wollte nicht reden. Landau versuchte noch mehrfach, sie ins Gespräch zu holen. Das misslang. Er blickte auf Martina, die im Moment auch nicht wusste, wie sie die Mutter von Zino noch ansprechen sollte.

Gegen neun Uhr abends brachte Martina Bell die mittlerweile vorläufig festgenommene Zoe Petridis in die Gewahrsamszelle. Am nächsten Tag sollte Amtsrichter Bolten darüber entscheiden, sie in Untersuchungshaft zu nehmen. Landau saß in seinem Büro am Schreibtisch und betrachtete sorgfältig die Fotoaufnahmen, die die Kriminaltechniker von der Auffindesituation des toten Kindes im Schlafzimmer gemacht hatten. Mit dem Ergebnis der Arbeit des heutigen Tages war er sichtlich unzufrieden. Etwas stimmte da nicht, passte überhaupt nicht zusammen. Konnte es wirklich sein, dass Zoe Petridis den gerade mal ein Jahr alten Sohn so schwer verletzt und dann nicht unmittelbar Hilfe herbeigeholt hat, so dass der Kleine an den Folgen sterben musste? Martina hatte ähnliche Gedanken und dann eine Idee.

*

Es dauerte lange, bis sich die Enttäuschung und die Wut bei Nadine ein wenig gelegt hatten. Aber nur ein wenig, denn zwanzig Minuten nach ihrem Anruf war Timo in dem Appartement erschienen. Sie hatte den Alkoholgeruch bei ihm wahrgenommen und machte ihm darauf heftige Vorwürfe. „Ich mache alles Mögliche, damit die Polizei dich nicht in die Finger kriegt und was machst du? Der feine Herr amüsiert sich."

Timo war nicht darauf gefasst, dass Nadine ihn so angehen könnte. Er druckste nur herum. „Ich bin hier fast jeden Abend in der Bude. Da fällt einem dann mal die Decke auf den Kopf."

„Ach, so ist das also. Bude sagst du? Dieses Appartement ist dir also nicht gut genug. Was darf es denn sein für dich. Fünf-Sterne-Hotel, oder was?" Nadine war mit seiner Erklärung überhaupt nicht einverstanden und mistete ihren Freund weiter aus. Timo erkannte, dass er in dieser Situation nur kleine Brötchen backen konnte. „Nein, so ist das doch nicht gemeint. Diese Wohnung ist sehr schön und ideal für mich. Du hast auch Recht, ich habe mich falsch verhalten. Kommt nicht wieder vor."

Nadine überlegte, ob sie sich mit Timos Worten nun zufrieden geben wollte. Schweigend sah sie ihn eine Weile an und legte dann einen Finger in die Wunde. „Ich bin eigentlich davon ausgegangen, dass du alles daransetzen wolltest, den wirklichen Mörder deiner Frau zu finden. Was kannst du mir denn dazu sagen?"

Timo schluckte mehrfach. Dann fing er sich. „Ich habe mit Henry Cramer telefoniert und ihm bereits gesagt, wen ich für den Mörder halte. Henry hat mir Vorwürfe gemacht, weil ich ihm das nicht gleich gesagt hatte."

Diese Worte waren für Nadine wenig überzeugend. Klar, sie hatte von Timos Rechtsanwalt und dessen Ruf gehört. Aber Timo drückte sich ihr gegenüber nicht klar aus, schwafelte irgendwie herum. Sie hakte nach. „Wer ist denn der Mörder? Sag es mir."

„Henry sagt, dass ich mit niemanden darüber reden soll. Er will alles Weitere in die Wege leiten."

Die Antwort reichte ihr nicht. „Ich bin nicht irgendwer, Timo. Ich bin Nadine, deine Freundin. Ich bin diejenige, die dich versteckt und unterstützt. Weiß dein Henry das?"

Timo hatte offensichtlich Schwierigkeiten, eine passende Antwort zu finden. „Ja. Nein. Doch. Natürlich weiß er, dass du mir geholfen hast. Aber ich habe ihm nicht gesagt, in welcher Form. Das mit der Wohnung hier und so. Das weiß niemand. Und das soll auch so bleiben. Nicht, dass du wegen mir noch in Schwierigkeiten kommst."

„In Schwierigkeiten? Die habe ich schon. Was glaubst du denn? Der Landau von der Kripo hat mir glatt ein Verfahren angehängt, weil ich dir geholfen habe. Und das wird teuer, sagt er."

„Der Landau, das Schwein", entgegnete Timo verächtlich. „Was glaubst du, was der mir alles vorgeworfen hat. Wenn Henry Cramer nicht gewesen wäre... Ich weiß nicht, ob ich das alles durchgestanden hätte."

Timo meinte nun, dass er das heikle Thema umsteuert hätte. Doch er irrte sich gewaltig. Nadine kam genau auf den Punkt zurück. „Und? Wer ist es nun? Wer soll deine Frau umgebracht haben?"

Timo schwieg. Für Nadine zu lange.

„Oder willst du es mir nicht sagen."

Timo drehte seinen Kopf hin und her, sagte nichts.

„Oder kannst du es mir gar nicht sagen?" Nadine wurde laut und provozierend. „Weil es ihn gar nicht gibt?"

Timos Gesichtszüge entgleisten. Er schnappte mehrfach nach Luft, bevor er reagierte. „Das ist es also. Du glaubst mir nicht", jammerte er und sagte voller triefendem Selbstmitleid: „Dann hat es alles keinen Zweck mehr. Es ist wohl besser, ich gehe zur Polizei und stelle mich. Was soll das noch mit uns beiden, wenn du mir den Mord an meiner Frau zutraust."

Nadine blieb cool. Sie ging überhaupt nicht auf das larmoyante Gerede ihres Freundes ein. „Ich habe gefragt, wer denn der Mörder ist und stelle fest, dass du es mir nicht sagen willst. Deine Entscheidung." Als Timo auf ihre Worte nicht reagierte und sich theatralisch beide Hände vors Gesicht hielt, fuhr Nadine fast in geschäftlichem Ton fort. „Du musst diese Wohnung morgen früh verlassen. Mein Büro hat für morgen und an den folgenden Tagen Besichtigungen für Kaufinteressenten terminiert. Aber du hast ja noch das Wohnmobil von mir." Timo blickte auf. So kannte er Nadine nicht. Ihre folgenden Worte überraschten ihn weiter. „Ich übernachte heute im Rostocker Hof und werde die Besichtigungen durchführen. Leg die Schlüssel in den Schlüsselsafe, wenn du die Wohnung morgen verlässt. Ich melde mich bei dir, wenn ich hier fertig bin." Nadine drehte sich um und verließ das Appartement, ohne ihren Freund noch eines Blickes zu würdigen.

12.

Noch am Abend hatte Rechtsmediziner Dr. Arndt das tote Kleinkind obduziert. Todesursache waren Hirnblutungen, bedingt durch multiple Schädelfrakturen infolge massiver Gewalteinwirkung auf die linke Kopfseite. Dr. Arndt bestätigte die Annahme des Notarztes, dass Zino Petridis bereits zwei Stunden vor Eintreffen des Notarztes verstorben war. Lukas Grote und Kai Gellert waren bei der Obduktion dabei gewesen und im Anschluss mit großen Zweifeln an der ursprünglichen Aussage der Mutter zur Dienststelle zurückgekehrt. Beide hatten dann wie Landau auch die Idee ihrer Kollegin Martina befürwortet und warteten gespannt am späten Vormittag des folgenden Tages auf ihre Rückkehr. Der Vater des toten Kindes Jannis Petridis war auf einer Baustelle in Traunstein tätig und erst abends von örtlichen Polizeibeamten über den Todesfall informiert worden. Obwohl er unverzüglich nach Hause kommen wollte, wurde seine Ankunft erst im Laufe des Folgetages erwartet. Die beiden Söhne Ilias und Leon waren deshalb vom Jugendamt noch am Nachmittag in eine Bereitschafts-pflegefamilie gebracht worden. Dort hatte Martina die beiden Jungen gleich morgens aufgesucht und gut zwei Stunden lang mit ihnen gesprochen.
„Es war eine mühsame Unterhaltung mit den beiden Kindern", berichtete sie, als sie gegen elf Uhr wieder im Kommissariat war. „Aber es hat sich gelohnt. Wir wissen nun, was sich gestern Morgen im Schlafzimmer der Familie Petridis abgespielt haben dürfte." Dann erzählte sie, was sie nach und nach von Ilias und seinem Bruder erfahren hatte. Alle drei Kinder seien im Schlafzimmer der Eltern gewesen, während die Mutter die Wohnung saubergemacht hatte. Zino habe im Bett gelegen und seine Brüder hätten auf dem Bett Trampolinspringen geübt. Dabei sei Zino aus dem Bett gerutscht und Ilias sei aus „Quatsch" vom Bett auf Zino gesprungen. Leon habe das gesehen und sei dann ebenso vom Bett auf seinen Bruder gesprungen.

„Das gibt's doch nicht", schüttelte sich Kai Gellert sichtlich erschüttert. „Warum machen die Jungs das?"

Martina hob beide Schultern und verzog ihren Mund. „Ich kann es dir nicht sagen. Beide Jungs fanden es toll, im Bett herumzuspringen."

„Aber die müssen doch wissen, dass sie nicht auf ihren kleinen Bruder springen dürfen. Das weiß jedes Kind", empörte sich Kai.

„Die beiden machten nicht den Eindruck, dass sie es wussten", antwortete Martina. „Sie lachten beide, als sie von den Sprüngen im Bett erzählten."

„Jetzt wird mir aber klar, warum die Mutter uns so eine unglaubwürdige Geschichte aufgetischt hat", folgerte Lukas Grote und nickte bedächtig seinen Kopf.

„Mir auch", sagte Christian Landau, „Zoe Petridis wollte ihre beiden Söhne schützen, damit sie nicht als diejenigen dastehen, die ihren kleinen Bruder umgebracht haben. Sie nimmt lieber alles auf sich und geht dafür möglicherweise sogar ins Gefängnis."

„Was machen wir nun?" fragte Martina. „Ilias und Leon sind beide gerade mal fünf Jahre alt, also nicht strafmündig. Und die Mutter? Sie hat gelogen, ja. Sie hat vielleicht sogar gesehen, wie die Jungs auf den Kleinen gesprungen sind. Oder sie konnte sich ausmalen, was im Schlafzimmer passiert ist. Sollen wir weiter gegen sie ermitteln? Ist sie nicht schon bestraft genug?"

„Ich werde mit Dr. Arndt sprechen. Der Rechtsmediziner soll mir sagen, ob die Verletzungen des Kindes mit dem von dir geschilderten Geschehen zu erklären sind. Wenn das so sein sollte, dann muss Staatsanwalt Dr. Jahn entscheiden, was weiter geschehen soll", erklärte Landau. Er war eigentlich genau der Ansicht wie Martina, nämlich dass Zoe Petridis als Mutter mit dem Verlust des jüngsten Sohnes genug erlitten hatte. Dennoch, über den Fortgang des Falles durfte nur der zuständige Staatsanwalt eine Entscheidung fällen.

*

Als Nadine Rose an diesem Vormittag das zum Kauf angebotene Appartement in Warnemünde aufsuchte, um zu prüfen, ob es für die angekündigten Interessenten nach Timos vorübergehender Nutzung vorzeigbar war, fand sie es in einem hervorragenden Zustand. Das Bad, die Küche, die gesamte möblierte Wohnung war picobello sauber. Timo hatte sich offensichtlich sehr viel Mühe gegeben, die Wohnung so zu verlassen, dass Nadine sie problemlos anbieten konnte. Auf dem Küchentisch fand Nadine einen Briefumschlag mit einer Notiz von Timo. „Vielen Dank, Nadine. Verzeih' mir bitte! Timo." Nadine schmunzelte zufrieden über die Zeilen. Ihre deutliche Ansprache hatte bei ihrem Freund zumindest eine kleine Wirkung erzielt. Sie würde sich in den nächsten Tagen erst einmal um die angekündigten Kaufinteressenten kümmern und danach wieder Kontakt mit Timo aufnehmen. Nein, sie wollte ihn eigentlich nicht fallen lassen.

*

„Frau Rose ist auf Geschäftsreise", erklärte Tatjana Henn freundlich den Besuchern von der Kriminalpolizei aus Klosterhausen. Christian Landau hatte sich mit Martina Bell am frühen Nachmittag auf den Weg nach Neumünster gemacht, nachdem Staatsanwalt Dr. Jahn entschieden hatte, die Mutter des toten Zino Petridis nicht beim Haftrichter vorzuführen und sie daher aus dem Polizeigewahrsam zu entlassen. Landau hatte geplant, unangemeldet bei Nadine Rose aufzutauchen. Es stand für ihn außer Frage, dass Nadine etwas zu verbergen hatte, was den Aufenthaltsort ihres Freundes betraf. Daher wollte er mit Martina das Überraschungsmoment ausnutzen, indem sie beide ohne Vorankündigung im Büro von Immo-Rose erschienen, um Nadine nach Möglichkeit in Anwesenheit anderer Personen zu befragen. Die Firmeninhaberin wäre in dieser Situation mehr dem Ermittlungsdruck ausgesetzt gewesen, hatte Landau sich gesagt. Er war zunächst enttäuscht, als die ausgesprochen gut aussehende blonde Mitarbeiterin von Nadine Rose darauf hinwies, dass ihre Chefin ortabwesend sei. Der Hinweis, von der Kripo zu sein, beeindruckte die junge Frau überhaupt nicht. Sie lächelte. „Tut mir leid, kann ich denn irgendwie helfen", fragte sie.

„Oh, vielleicht können Sie das", übernahm Martina Bell die Gesprächsführung und war froh über das Hilfsangebot. Nachdem Tatjana Henn den Ermittlern einen Platz am Besprechungstisch ihres Büros und einen Kaffee angeboten hatte, fragte Martina direkt nach. „Ist Frau Rose länger unterwegs, oder kommt sie heute noch mal ins Büro. Dann würden wir später wiederkommen."

„Nein, nein, das dauert länger. Sie ist in Mecklenburg-Vorpommern und betreut Kaufinteressenten", erläutert Tatjana Henn und man merkte ihr deutlich an, dass sie sich im Moment für das Neumünsteraner Büro verantwortlich fühlte.

„Ach, dort haben Sie auch Immobilien im Angebot? Das ist ja ein Ding. Wo denn?" Martina tat interessiert.

„Im Moment ist meine Chefin in Warnemünde. Sie bleibt dort auch für die nächsten drei Tage. Danach hat sie noch Termine in Boltenhagen. Ich schätze, dass sie erst am Wochenende zurück sein wird. Solange muss ich mich hier um alles kümmern", sagte Tatjana nicht ohne Stolz in der Stimme, um dann noch hinzufügen: „Aber das ist kein Problem für mich. Ich bin ja schon zwei Jahre hier. Da kenne ich mich aus."

„Gut, dass Frau Rose Sie hat", schmeichelte Martina. „Aber so eine Geschäftsreise über mehrere Tage ist doch auch anstrengend, finden Sie nicht?"

„Wie man's nimmt. Nadine bucht sich immer tolle Hotels mit Wellness- und Beauty-Bereich. Das ist dann schon mal ein kleiner Urlaub", schwärmte Tatjana. „Der alte Chef, also der Vater von Nadine, hatte für die Außentermine immer unser Firmenwohnmobil benutzt, er mochte lieber unabhängig sein. Aber Nadine mag lieber Hotels."

Jetzt mischte Landau sich ein. „Was für ein Wohnmobil ist das denn?", wollte er wissen.

„Na, so ein Mercedes. Sprinter heißt der, glaube ich. Vom Allerfeinsten mit allem Pi, Pa, Po." Tatjana lobte das Wohnmobil und erzählte, dass sie mit ihrem Freund damit auch schon ein Wochenende unterwegs gewesen war.

Landau hatte eine Idee. Fast belanglos bemerkte er: „Und nun reist Frau Rose damit in Mecklenburg-Vorpommern, übernachtet aber in guten Hotels?"

„Nee, das macht sie nicht. Nadine nimmt für ihre Außentermine immer das SLK-Cabrio. Das ist auch ein Firmenwagen. Nadine liebt Cabriofahren. Das Wohnmobil steuert sie nicht so gerne."

Landau hakte nach. „Dann steht so ein tolles Wohnmobil mitten im Sommer nur herum. Das ist doch schade."

„Das steht nicht rum", sagte Tatjana, „das ist unterwegs, seit über zwei Wochen schon. Schade eigentlich, ich hätte es gerne am nächsten Wochenende ausgeliehen, aber Nadine hat gesagt, dass das gute Stück wohl noch länger verliehen ist."

Landau rechnete nach. So lange war Wöllner bereits auf der Flucht. Gut möglich, dass er das Wohnmobil nutzte. Ein Blick zu Martina Bell verriet ihm, dass sie genauso dachte. Martina wollte es genau wissen. „Wer ist denn der Glückliche, der das Wohnmobil jetzt nutzen darf?"

Tatjana war nach wie vor auskunftsfreudig. „Das hat Nadine mir nicht genau erzählt. Verwandte oder so. Da weiß Nadines Vater sicher mehr drüber."

Mit dem Hinweis, in der folgenden Woche noch einmal nach Neumünster zu kommen, um einige Fragen mit Frau Rose zu klären, verabschiedeten sich die beiden Ermittler.

„Gut, dass Ferienzeit ist", meinte Landau, als er mit seiner Kollegin den Dienst-Passat nach dem Besuch bei Immo-Rose auf der A7 Richtung Hamburg steuerte. „Die Leute machen Urlaub und verstopfen heute nicht die Autobahn durch den Berufsverkehr."

„Stimmt", sagte Martina. „ Sonst ist hier kurz vor Hamburg am späten Nachmittag immer alles dicht. Aber mal etwas anderes. Wie geht's dir, wenn du daran denkst, dass du in wenigen Monaten in Pension gehst? Oder willst du von dem Angebot Gebrauch machen, deine Dienstzeit um zwei Jahre zu verlängern?"

Mit einer solchen Frage hatte Landau nicht gerechnet. Für ihn waren die vergangenen Monate so verlaufen wie immer. Er hatte sich kein Metermaß in sein Büro gehängt, um es Monat für Monat bis zur Pensionierung wie ein Count-Down um einen Zentimeter zu kürzen. Er kannte das Datum, wann der Dienst für ihn zu Ende sein würde, und er sah es ganz ohne Wehmut oder sonstige Emotionen auf sich zukommen. Entsprechend sachlich antwortete er seiner Kollegin. „Es ist nett, dass du dir darüber Gedanken machst. Aber ich sehe das ganz ohne Pathos auf mich zukommen. Ich werde dann über vierzig Jahre Kriminalbeamter gewesen sein und mich über das freuen, was ich in der Restlaufzeit meines Lebens noch alles unternehmen kann. Die Dienstzeit ist ein Lebensabschnitt", führte Christian Landau weiter aus, während er nun die Geschwindigkeit etwas verringerte. „Der Abschnitt hat mir ganz schön viel abverlangt, aber ich bin auch sehr dankbar, dass ich bei der Kripo diese Aufgabe wahrnehmen durfte. Ich habe gerne gearbeitet, vor allem die lange Zeit in unserem Kommissariat. Aber irgendwann ist es gut, und etwas Neues beginnt."

Martina sah ihren Chef fragend an, so, als könne sie es gar nicht glauben, dass er so nüchtern und sachlich über seinen Abschied aus dem Dienst dozierte. „Dann machst du also nicht weiter?", fragte sie und ein klein wenig Enttäuschung war in ihrer Stimme zu hören.

„Nee, ich sagte doch, dass es so gut und richtig für mich ist. Und stell dir mal vor, wie Kerstin das finden würde. Meine Frau hat in all den Jahren so oft erleben müssen, dass wir gemeinsame Pläne wegen des Dienstes zurückstellen oder ganz streichen mussten. Wie viele Sommerwochenenden hat uns der Dienst geklaut? Ich habe nicht gezählt, aber es waren viele. Und wie viele Nächte waren es wohl, die man sich um die Ohren geschlagen hat? Am nächsten Tag dann voll durch bis spät abends oder noch eine Nacht dran. Gesund war das sicher nicht. Nee, Martina, es ist wirklich genug", sagte Landau ganz ernst und resümierte: „Aber interessant war es auch. Ich hätte nichts anderes machen wollen."

„Und was machst du dann ohne Dienst? Fällst du dann nicht in ein tiefes Loch", wollte Martina wissen.

„Das kann ich mir überhaupt nicht vorstellen. Da gibt es ja immer noch meinen Deutz Trecker. Mit dem bin ich schon so lange nicht mehr unterwegs gewesen."

Martina erinnerte sich, dass alle im 1. Kommissariat ihren Chef für verrückt erklärt hatten, als er sich vor etlichen Jahren einen Oldie-Trecker gekauft und in unzähligen Stunden wieder instand gesetzt hatte. Und dann war da noch die Sache mit dem Bauwagen, den er sich danach über eBay zugelegt und ausgebaut hatte, um damit auf Trecker-Tour zu gehen. Dazu war Landau aber bisher nicht gekommen. „Dann machst du also im nächsten Jahr endlich mal eine Reise mit Trecker und Bauwagen?", wollte Martina wissen. „Und was sagt deine Frau dazu? Du hast mal erzählt, dass sie eher nicht damit unterwegs sein will." „Das stimmt, aber wir haben abgesprochen, dass sie mit dem Auto nachkommt, um sozusagen meine Versorgung zu übernehmen. Essen, Trinken, frische Klamotten. Das läuft bestimmt gut", schwärmte Landau. „Also Trecker-Tour mit Home-Service! Das hat Art." „Genau", sagte Landau und forcierte wieder das Tempo.

Ihre Fahrt führte nach Hamburg Eidelstedt, wo der Vater von Nadine Rose eine stattliche Villa im Niendorfer Gehege bewohnte. Dem Hinweis von Tatjana Henn, dass Herr Rose vielleicht mehr über den derzeitigen Nutzer des Firmen-Wohnmobils sagen könnte, wollten Landau und Bell persönlich nachgehen. Sie hatten sich unterwegs telefonisch angemeldet und merkten schon bei der Einfahrt auf das Villengrundstück, dass Walter Rose sie aufgeregt erwartete. Der fit wirkende Mittsechziger stand an der Eingangstreppe, als sie auf den mit sogenannten Katzenköpfen stilvoll gepflasterten Vorplatz der weißen Jugendstilvilla fuhren. Typisch hanseatischer Kaufmann, dachte Landau, als er den für diesen Sommertag ungewöhnlich mit grauer Stoffhose und blauem Sakko bekleideten Senior erblickte. Das volle graue Haar wehte leicht im Wind, als er gemessenen Schrittes auf den Dienstwagen zuging. Landau und Bell waren noch nicht ganz ausgestiegen, als Herr Rose sie mit freundlichen Worten begrüßte. „Besuch von der Kriminalpolizei. Das hat man nicht alle Tage. Schönen guten Tag!"

„Guten Tag, Herr Rose", grüßte Landau zurück und stellte sich und seine Kollegin vor. Trotz der freundlichen Worte Roses bemerkte Landau die Anspannung des Mannes in dessen Gesicht. Mit der telefonischen Ankündigung hatte Landau bereits erwähnt, worum es bei dem Besuch der Kripo gehen sollte. Rose wusste also, dass er zu einem Bekannten seiner Tochter, der im Verdacht einer schweren Straftat stehen sollte und zudem auf dem Flucht sei, befragt werden sollte. Rose schlug vor, das Gespräch in der Veranda der Villa im Eingangsbereich zu führen, wo bereits einige Gläser und eine Karaffe mit Wasser auf dem runden Eichentisch standen. Nachdem Landau und Bell auf den massiven Eichenstühlen an dem Tisch Platz genommen und die von Walter Rose angebotene Erfrischung dankend angenommen hatten, setzte dieser sich den beiden Gästen der Kripo gegenüber an den Tisch. Er blickte die Ermittler fragend an. Christian Landau sah sich aufgefordert, Herrn Rose einige Erläuterungen zu den Ermittlungen gegen Timo Wöllner, dem Freund seiner Tochter, zu geben. Dies tat er ausführlich und verschwieg auch nicht die Rolle von Nadine Rose bei der Flucht des Tatverdächtigen. „Wir haben deshalb gegen Ihre Tochter ein Verfahren einleiten müssen", klärte er Walter Rose auf und wies darauf hin, dass dieser als Vater der Beschuldigten das Recht habe, Angaben zu verweigern.

Rose blickte Landau sehr ernst an, als er die Worte des Kripomannes hörte. Seine Mundwinkel waren nach unten gezogen, seine Stirn in Falten. Etwas arbeitete in dem Mann, fand Landau. Rose zögerte, auf die Worte Landaus zu entgegnen, zunächst räusperte er sich nervös. Er sah jetzt auf Martina Bell, die mit ihren in diesem Moment entspannten Gesichtszügen eine gewisse Beruhigung bei dem Vater bewirkte. „Der Tatverdacht gegen Timo Wöllner ist noch keine Verurteilung", sagte Martina Bell. „Ihre Tochter hat uns mitgeteilt, dass Herr Wöllner ihr gegenüber seine Unschuld beteuert und sie ihm das auch glaubt."

„Und was denken Sie?", fragte Walter Rose. „Ist der Freund meiner Tochter ein Mörder?"

„Nun, es sprechen einige gewichtige Dingen gegen ihn", antwortete Martina Bell. „Wöllner hat kein Geständnis abgelegt, und im deutschen Strafrecht gilt die Unschuldsvermutung. Wir müssen sowohl belastende als auch entlastende Dinge ermitteln. Und das tun wir."

Landau schaltete sich wieder in das Gespräch ein. „Haben Sie Timo Wöllner kennengelernt?"

„Ja, Nadine war vor gut einem Jahr mit ihm zusammen hier auf einen Kaffee", antwortete Rose und erklärte weiter: „Er war sehr zurückhaltend, hat kaum etwas gesagt. Nadine hat auch nichts weiter über gemeinsame Pläne oder so erzählt."

Walter Rose grinste nun etwas verlegen. „Nun, meine Tochter hat sich noch nicht festgelegt, mit wem sie vielleicht mal länger zusammen sein will. Sie ist sozusagen noch auf der Suche. Daher habe ich dem Wöllner keinerlei Bedeutung beigemessen."

„Hat Nadine etwas über den Verdacht gegen ihren Freund erwähnt?", wollte Landau wissen.

Wieder zögerte Rose, sagte dann: „Ich bin natürlich über meine Rechte, hier Angaben zu verweigern, informiert. Ich möchte dennoch aussagen. Ja, meine Tochter hat mich angerufen, als Herr Wöllner in Haft gekommen war. Sie hat mich auch darüber informiert, dass Wöllner mit ihrer Hilfe geflohen ist. Ich habe ihr daraufhin vorgeworfen, dass das ein großer Fehler war. Sie aber ist davon überzeugt, dass Wöllner unschuldig ist. Deshalb hat sie ihm geholfen, aus dem Krankenhaus abzuhauen."

„Hilft sie ihm immer noch?", fragte Martina Bell.

„Wie meinen Sie das?"

„Na, hat sie ein Versteck für ihn? Versorgt sie ihn? Tut sie etwas für ihren Freund? Wissen Sie etwas?"

Walter Rose war irritiert. Er schüttelte seinen Kopf. „Nein, Nadine hat ihm bei der Flucht geholfen. Danach nicht mehr." Rose zögerte. „Das glaube ich jedenfalls."

„Und was ist mit dem Firmenwohnmobil?" Landau stellte diese Frage und neigte sich vor in Roses Richtung. Der wich etwas zurück und antwortete verwundert. „Wieso, was soll damit sein?"

„Es ist unterwegs, seit Wöllner auf der Flucht ist." Landau spitzte seinen Mund und wartete auf die Antwort.

„Das, das kann nicht sein", stotterte Rose. „Das hätte Nadine mir gesagt."

„Tatjana Henn vermutete, dass Verwandte das Wohnmobil ausgeliehen hätten, aber Sie wüssten angeblich mehr."

Walter Rose wurde blass. Wortlos schüttelte er seinen Kopf. Schwieg einige Augenblicke. „Oh Gott, was macht Nadine bloß. Sie verdirbt sich ihre Zukunft", jammerte er.

„Wann hatten Sie zuletzt Kontakt mit Ihrer Tochter", wollte Landau wissen.

„Ich habe sie angerufen, als Sie sich vorhin telefonisch angekündigt hatten. Nadine ist geschäftlich in Meckenburg-

Vorpommern. Sie sagte, dass sie erst am Wochenende zurück ist."

„Wie hat sie reagiert, als sie unseren geplanten Besuch erwähnten?"

„Sie sagte, dass die Kripo nur ihre Arbeit macht. Nadine war nicht aufgeregt, nervös oder sonst irgendwas. Sie war wie immer. Deshalb habe ich mir auch keine Sorgen gemacht. Aber jetzt – die Geschichte mit dem Wohnmobil, das klingt nicht gut."

„Nun, wir wissen es ja nicht genau", sagte Martina Bell. „Aber es spricht einiges dafür."

„Genau", entgegnete Walter Rose aufgebracht. „Genau so ist das. Und ich will es jetzt ganz genau wissen. Ich rufe meine Tochter an. Jetzt sofort."

13.

Christian Landau bildete sich manchmal ein, am Klingeln seines Bürotelefons erkennen zu können, ob der Anrufer eine negative Information mitteilen würde. Dabei war sein Apparat ein ganz normaler der herkömmlichen Behördenausstattung ohne hochkomplizierte überflüssige technische Finessen, also auch ohne Ruftonzuordnungen.

Doch Landau hatte diesen Spleen, und zwar schon aus der Zeit der grauen Wählscheibentelefone. Vielleicht war es auch die jeweilige persönliche Verfassung Landaus. ´

Der Tag zuvor war anstrengend und doch aufschlussreich gewesen, insbesondere der Besuch bei Walter Rose in Hamburg. Als Landau nun am Morgen noch vor Dienstbeginn sein Büro betrat und sein Telefon seiner Meinung nach merkwürdig klingelte, da war seine positive Grundstimmung erst einmal beschädigt. Dr. Jahn war der frühe Anrufer. Es war eine ungewöhnliche Uhrzeit für den Staatsanwalt, begab er sich sonst fast immer erst gegen neun Uhr in seine Behörde. Es musste also einen besonderen Grund für diesen Anruf geben. Nach wenigen Worten des Anrufers war auch Landau klar, dass die Nachricht des Staatsanwalts eine gewisse Brisanz in sich trug. „Stellen Sie sich vor, Herr Landau, da erscheint doch gestern gegen Abend Rechtsanwalt Henry Cramer bei mir im Büro, spricht zunächst kaum ein Wort und überreicht mir in Kopie eine schriftliche Haftbeschwerde in der Sache

96

Wöllner. Damit der Schriftsatz in der Behörde nicht verloren geht, waren seine boshaften Worte."

„Ich hätte eigentlich damit gerechnet, dass Cramer schon kurz nach der Inhaftierung Wöllners einen Termin zur Haftprüfung beantragt. Hat er aber nicht getan. Und nun ist sein Mandant untergetaucht", meinte Landau, der ein taktisches Manöver des Rechtsanwalts vermutete.

„Hab' ich ihm auch vorgehalten", entgegnete Dr. Jahn, „aber Cramer wies darauf hin, dass sein Mandant angeblich die Sache selbst in die Hand genommen habe, den wahren Mörder zu finden. Die Kripo habe sich ja sofort auf Timo Wöllner eingeschossen, ohne eine andere Möglichkeit überhaupt in Betracht zu ziehen."

„Und wie begründet Cramer die Haftbeschwerde?"

„Tja, gar nicht so ungeschickt", antwortete der Staatsanwalt und deutete an, dass Cramer ein Thema angeschnitten habe, das bei den Ermittlungen noch nicht geklärt worden war. „Die Fremd-DNA in den Baumwollhandschuhen weisen nach Cramers Auffassung eindeutig darauf hin, dass eine bisher noch nicht bekannte Person für die Tat infrage kommen könnte." Staatsanwalt Dr. Jahn seufzte und schwieg einige Augenblicke. „Diese Behauptung streut zumindest erhebliche Zweifel am dringenden Tatverdacht gegen seinen Mandanten", fuhr er dann fort. Und Landau ergänzte: „Mehr als diese Zweifel braucht er auch nicht, um Wöllner rauszupaucken."

„Wie steht's denn mit den weiteren Nachforschungen wegen der Spuren an den Baumwollhandschuhen", brachte Dr. Jahn es auf den Punkt. „Hier muss schnellstens ein klares Ergebnis her."

„Oh, das ist eine aufwändige Sache. Wir sind dabei, sämtliche Kontaktpersonen Wöllners zu prüfen und hoffen, die Herkunft der Fremd-DNA so zu klären. Die uns bekannten Kontakte seiner Frau haben wir bereits abgearbeitet."

„Na, Sie kennen ja die Zwänge, in denen ich in diesem Verfahren stecke. Die Haftbeschwerde wird sicher in den nächsten Tagen gerichtlich entschieden. Es könnte sein, dass der Haftbefehl gegen Wöllner aufgehoben wird."

Landau schluckte, als er das Telefonat mit Dr. Jahn beendete. Er hatte ja schon am Klingeln des Telefons herausgehört, dass dieser Tag mit einer schlechten Nachricht beginnen würde.

Kurze Zeit später berichtete er seinen Kollegen in der morgendlichen Frühbesprechung davon.

Es war Martina Bell, die sich ihre gute Laune nicht miesmachen lassen wollte und erzählte vom Erfolg des Gesprächs mit dem Vater von Nadine Rose. „Stellt euch vor", strahlte sie Kai Gellert und Lukas Grote an, „der alte Rose rief gestern gleich seine Tochter an und hielt ihr in unserer Gegenwart wutentbrannt vor, einen flüchtigen Mörder in dem Wohnmobil der Firma zu verbergen."

„Und? Was hat Nadine dazu gesagt", wollte Kai wissen.

„Das glaubt ihr nicht! Sie hat es zugegeben. Wöllner sei tatsächlich mit dem Wohnmobil unterwegs, und zwar in Mecklenburg-Vorpommern. Ihr Vater hat sie daraufhin so gewaltig unter Druck gesetzt, dass sie Wöllner nun angeblich dazu bewegen will, sich zu stellen."

„Ist die Fahndung nach dem Wohnmobil raus", fragte Lukas Grote. „Na klar, haben wir gestern noch auf der Rückfahrt von Hamburg veranlasst", antwortete Martina.

„Okay, dann stehen die Chancen gut, dass Wöllner bald nicht mehr auf der Flucht ist", fand Kai Gellert.

„Das stimmt, aber wir müssen endlich herausfinden, was es mit den verflixten Baumwollhandschuhen auf sich hat", bemerkte Christian Landau und machte dabei ein betrübtes Gesicht. Er wandte sich an Lukas Grote. „Und wie ist es gestern bei euch gelaufen? Kai und du hattet doch Wöllners Geschäftskunden auf dem Zettel.

„Stimmt", sagte Grote und machte ein optimistisches Gesicht. „Das lief gestern wie geschmiert. Kai hatte zwölf Kunden priorisiert, weil sie die dicksten Aufträge für Wöllner hatten oder sonst für uns interessant waren. Die haben wir uns gestern noch vorgenommen. Elf waren ganz schnell abgehakt, wir haben die Kunden angetroffen und sie konnten klare Angaben über ihre Geschäftsbeziehungen darlegen. Beim zwölften war es aber anders. Er heißt Jan Lauer und hat schon mal was mit der Polizei zu tun gehabt. Er stand vor vier Jahren in Kiel im Verdacht, einen bewaffneten Raub auf eine Tankstelle verübt zu haben. Und rate mal, wer ihn aus der Sache rausgehauen hat?" Grote blickte in die Runde und fuhr fort. „Richtig! Henry Cramer war sein Anwalt. Sachbeweise gab es nicht und die zunächst sicheren Zeugen waren es vor Gericht nicht mehr, nachdem Cramer sie in die Mangel genommen hatte. Ergebnis: Freispruch. Lauer hatten wir daher zuerst auf dem Zettel, da war aber niemand zu Hause. Als wir dann Stunden später wieder seine Anschrift in Flethstedt anliefen, da war seine Freundin zu Hause. Und die war sehr auskunftsfreudig. Demnach kennen sich Wöllner und Lauer schon seit langer Zeit. Lauer hat vor ein paar Jahren mit Gebrauchtwagen gehandelt und Wöllner soll damals mehrfach einen Wagen bei ihm gekauft haben.

Lauer plant, das alte Haus seiner Großeltern, das er geerbt hat, auf den modernsten Stand zu bringen und hat sich daher von Wöllner beraten lassen. Die Freundin meinte, dass Wöllner nach der Energieberatung öfter bei Lauer vorbeigeschaut hat. Zuletzt vor einigen Wochen. Was die beiden besprochen haben, wusste sie nicht. Jan Lauer sollte erst in der letzten Nacht von einer Tour nach Baden-Baden zurückkommen. Er hat einen Kleintransporter und ist damit selbstständig."

„Also Kurierfahrer?", fragte Martina Bell.

„Dachten wir auch, aber die Freundin sagte, dass Jan Lauer sich auf EDV- und IT-Transporte spezialisiert hat. Wenn eine Firma zum Beispiel umzieht, dann hat Lauer dafür die passenden Utensilien für den Transport von Computern, Druckern und was da noch alles im Büro wichtig ist. Lauer arbeitet mit einem ausgebildeten Computerspezialisten zusammen, der die Geräte fachmännisch ab- und am neuen Firmenstandort wieder aufbaut. Lauer soll ganz gut im Geschäft sein, berichtete seine Freundin."

„Dann kümmert ihr euch heute gleich um Lauer. Er scheint mit Wöllner näher bekannt zu sein. Vielleicht kommen wir mit Lauer weiter", meinte Landau und sah Martina an. „Und wir schauen mal, was Nadine Rose uns heute zu bieten hat."

*

Nadine war außer sich. Ihr Vater hatte ihr die Hölle heiß gemacht. Obwohl Walter Rose nach außen hin nichts mehr mit der Firma Immo-Rose zu tun haben wollte, weil er sich

99

weitaus lukrativeren Geschäften zugewandt hatte, so hielt er immer noch über fünfzig Prozent der Firma. Und genau damit hatte Walter Rose seiner Tochter klar gemacht, dass sie gar keine Wahl hatte, als mit der Polizei zu kooperieren. Sie hatte gleich abends mehrfach versucht, Timo Wöllner telefonisch zu erreichen. Dies war jedoch nicht gelungen. Sein Handy war abgeschaltet. Auch in der Nacht und an diesem Vormittag. Nadine hatte kaum geschlafen, so beschäftigte sie ihre missliche Lage. Sie wusste, dass ihr Vater konsequent das tun würde, was er ihr angedroht hatte, wenn sie Wöllner weiter unterstützen würde. Und ihre Firma und den guten Job wollte sie keinesfalls aufs Spiel setzen. Also musste sie mit Timo reden, damit der nun entweder den wahren Mörder entlarven oder sich der Polizei stellen würde. Keinesfalls würde sie seine Flucht weiter fördern. Nicht mit dem Wohnmobil, nicht mit Geld. Überhaupt nicht mehr. Ihr war klar geworden, dass sie sich viel zu sehr auf Timo eingelassen hatte.

Doch warum ging er nicht ans Telefon? Hatte er möglicherweise Befürchtungen, dass Nadine seine Nummer der Polizei verraten würde? Damit wäre es für die Fahnder ein Leichtes, Timo zu orten und festzunehmen.

Und wo war Timo jetzt? Seine Nachricht im Warnemünder Appartement gab keine Hinweise darauf, was er nun vorhatte. Und gemeldet hatte er sich nicht mehr bei ihr.

Nadine war sich darüber im Klaren, dass die Kripo sie ansprechen würde. Eigentlich hatte sie schon gleich nach dem Telefonat mit ihrem Vater damit gerechnet. Das war nicht geschehen. Aber heute, heute würden sich die Fahnder bei ihr melden. Da war sie sicher.

*

Wöllner hatte sich nicht viel Zeit gelassen, als er nachts das Appartement von Immo-Rose in Warnemünde verließ. Der heftige Wutanfall seiner Freundin hatte ihm aufgezeigt, wie abhängig er gerade von ihr war. Das Appartement, das Wohnmobil, das Geld, das Handy – alles war von Nadine organisiert und ihm zur Verfügung gestellt worden. Und was hatte er gemacht? Untergetaucht war er und hatte auf ihre Kosten gelebt. Ein wenig Verständnis hatte er schon für ihre Reaktion. Aber diese Abhängigkeit gefiel ihm weiß Gott nicht. Das musste er ändern. Daher stellte er das Handy aus. Sollte Nadine ihre Unterstützung für ihn aufgeben und sich der Polizei offenbaren, dann wäre er zumindest nicht zu orten. Aber was war mit dem Fahrzeug? Ein teures Gefährt. Hatte das Wohnmobil womöglich einen GPS-Tracker? Wöllner wurde kalt und heiß, als er morgens in der Nähe von Güstrow auf der Raststätte Recknitz West an der A 19 die mehrere hundert Seiten umfassende Betriebsanleitung des Campers studierte. Er hatte keinen Hinweis auf eine solche Ausstattung gefunden, was ihn jedoch nicht sicherer machte. Schweren Herzens hatte er dann die Entscheidung getroffen, sich von dem Fahrzeug zu trennen. Zu groß war die Möglichkeit, dass der Camper zur Fahndung ausgeschrieben wurde. Er war dann die Autobahnen 19, 24 und die 111 fast bis nach Berlin gefahren, wo er dann an der Raststätte Stolper Heide das Fahrzeug stehen ließ. Von dort hatte er sich per Anhalter bis nach Berlin Heiligensee mitnehmen lassen, war dann weiter mit der S-Bahn zum Hauptbahnhof gefahren, um dort in den nächsten Zug nach Hamburg zu steigen. Wöllner hatte der Gedanke getrieben, mit dem Abstellen des Wohnmobils eine falsche Spur nach Berlin zu legen, um tatsächlich aber in Hamburg, wo er sich bestens auskannte, die nächsten Tage zu verbringen. In der Nähe der Hammer Kirche kannte er ein preisgünstiges Hostel, und er hatte Glück gehabt, ein Einzelzimmer für wenig Geld zu bekommen. Von der Hostel-Rezeption aus hatte er ein Telefonat mit seinem Anwalt geführt. Obwohl Henry Cramer bei dem Gespräch kurz angebunden gewesen war, blickte Timo Wöllner nun optimistischer in die Zukunft. Bald würde nicht mehr nach ihm gefahndet werden, hoffte er. Cramer hatte gute Arbeit geleistet, wie Wöllner fand.

*

Nadine Rose hatte mit ihrer Vermutung richtig gelegen, dass sich die Kripo bei ihr melden würde. Aber so streng und deutlich hatte sie den Kontakt nicht erwartet. Christian Landau hatte sie bei seinem Anruf unmissverständlich aufgefordert, unverzüglich von Warnemünde nach Lübeck ins dortige Polizeihochhaus in der Possehlstraße zu kommen. Es gebe wichtige Dinge zu besprechen, wie sie sich nach dem Gespräch mit ihrem Vater am Vortag sicher vorstellen könne. Landau und seine Kollegin Bell erwarteten sie im Büro der Lübecker Mordkommission. Zunächst hatte sie geschäftliche Termine, die sie an der sofortigen Fahrt nach Lübeck hindern würden, vorgegeben. Die Reaktion von Landau hatte ihr dann klargemacht, dass es keinen Spielraum für eine Verschiebung des Gesprächs geben würde. Voller innerer Anspannung lenkte sie ihr polarweißes Mercedes-Cabrio mit schwarzem Stoffdach nach Lübeck, zwei vorgesehene Kundentermine in Warnemünde hatte sie abgesagt.

„Gut, dass es geklappt hat", begrüßte Landau sie, als sie im siebten Stockwerk aus dem Fahrstuhl kam. Rechts vom Fahrstuhl führte ein Flurtrakt in die Räume der Lübecker Mordkommission, hier stand ein Büro mit Blick auf die Trave und die Altstadt für die Klosterhausener Beamten bereit. Weder Nadine Rose noch die beiden Ermittler hatten ein Auge für den interessanten Ausblick auf die Stadt. Nadine Rose lehnte einen angebotenen Kaffee ab und setzte sich nach Landaus Aufforderung an dem großen Besprechungstisch Martina Bell, die in Absprache mit Landau das Gespräch führen sollte, gegenüber. Landau nahm an der Stirnseite Platz.

„Kommen wir gleich zur Sache", eröffnete Martina die Unterhaltung. „Wir wissen nun, dass Ihre Unterstützung für Herrn Wöllner umfangreicher war, als Sie bisher angegeben haben. Was sagen Sie dazu?"

Bevor Nadine auf die Frage antwortete, war sie von Martina Bell auf ihre Rechte als Beschuldigte hingewiesen worden. Doch Nadine war in der Zwickmühle: Verweigerte sie hier die Kooperation mit der Kripo, würde sie unverzüglich die Konsequenzen ihres Vaters erleben. Kooperierte sie, so fühlte sie sich Timo Wöllner gegenüber als Verräterin. Nervös rutschte sie auf dem Bürosessel hin und her, räusperte sich und wusste keine richtige Antwort. Martina wartete geduldig und blickte ihr erwartungsvoll mit sehr ernster Miene direkt ins Gesicht, wohl wissend, dass gerade diese Situation den Druck auf ihr Gegenüber erheblich steigerte. In unzähligen Verhören hatte Martina trainiert, schweigend auf eine Antwort zu warten. Sie konnte diese ganz spezielle subtile Einflussnahme auf Nadine Rose perfekt mit ihrer Mimik und Gestik kombinieren, wie ihr Chef zufrieden beobachtete. Landau sah auch, wie Roses Gesicht errötete, wie Schweiß auf ihre Stirn trat. Martina sah sie immer noch streng an, Nadine wich dann dem Blick der Kriminalbeamtin aus und sah auf die Tischplatte. Spannung lag in der Luft. Jeder im Raum spürte sie. Nach ungefähr zwei Minuten legte Martina nach.

„Dass Sie Wöllners Fluchthelferin sind, ist nicht neu. Wir befassen uns aber auch mit Ihrer Rolle in dem Mordfall, Frau Rose. Die Frage ist, wie Sie Timo Wöllner dabei unterstützt haben, seine Frau zu erschießen. Ihre Rolle könnte auch sein, dass Sie seine Mittäterin sind."

Entsetzt schaute Nadine auf. „Ich soll Timo unterstützt haben? Er war das doch gar nicht. Er hat seine Frau nicht ermordet. Er ist unschuldig. Er hat das nicht gemacht. Das weiß ich genau." Diese Worte brüllte Nadine der Beamtin entgegen. Ihr Gesicht wurde nun dunkelrot. Nadine schluchzte die folgenden Worte. „Weil er unschuldig ist, habe ich ihm geholfen. Genau deshalb."

Martina beugte sich vor, fragte ganz leise: „Wie haben Sie ihm geholfen? Erzählen Sie."

„Na, ich hab' ihn am Krankenhaus abgeholt und zum Bahnhof gefahren."

„Und dann?"

„Er hatte bei mir zu Hause immer seine kleine Reisetasche liegen. Die habe ich mitgenommen. Dreitausend Euro habe ich ihm mit die Tasche gesteckt. Damit konnte er eine Zeitlang auskommen. Außerdem habe ich ihm ein Handy eingepackt. Hier ist die Nummer." Nadine übergab einen Zettel mit Timos Kontaktdaten an die Kriminalbeamtin.

„Das war aber nicht alles. Was haben Sie noch gemacht."

„Ich hab' mir gedacht, dass er doch irgendwo bleiben muss. Da ist mir das Wohnmobil eingefallen. Ich habe es in Neumünster am Bahnhof abgestellt und den Schlüssel dafür auch in die Tasche gepackt."

„Wann haben Sie das alles mit ihm besprochen?"

„Auf dem Weg vom Krankenhaus zum Bahnhof. Er wollte aber zunächst mit dem Zug nach Hamburg, um eine falsche

Spur zu legen. Er hat davon gesprochen, dass die Polizei mit Sicherheit die Kameraaufzeichnungen am Bahnhof ansieht. Dann wollte er mit dem Zug nach Neumünster und mit dem Wohnmobil weiter."

„Wohin?"

Nadine zögerte, knetete ihre Hände. „Nach Warnemünde, dort hat unsere Firma ein möbliertes Appartement im Angebot. Dort ist er für einige Zeit untergekommen."

„Für einige Zeit? Wo ist er jetzt?"

Nadine blickte auf, sah wütend auf Martina Bell. „Das weiß ich nicht. Ich bin vorgestern in Warnemünde in dem Appartement gewesen, um ihn zu besuchen. Ich wollte wissen, was er bisher unternommen hatte, um den wahren Mörder zu finden. Aber Timo war nicht da. Als er kam, da war er angetrunken. Wir haben gestritten. Am nächsten Tag war er weg."

„Worum ging es bei dem Streit?"

Nadine druckste. „Naja, ich, ich habe ihn gefragt, wen er denn für den Mörder hält. Und, äh…"

„Und?"

„Er hat es mir nicht gesagt. Er will es aber seinem Anwalt mitgeteilt haben. Der hat angeblich von ihm verlangt, mit niemandem darüber zu reden."

„Das klingt spannend", kommentierte Martina Bell. Leichte Ironie war aus ihren Worten heraus zu hören. Nadine fuhr fort. „Ich weiß nicht, warum der Anwalt des verlangt hat. Ich war jedenfalls sauer, dass er mir den Namen nicht sagen wollte."

„Hat Timo Andeutungen gemacht, wen er meint?"

„Nein, hat er nicht. Ich hatte dann jedenfalls Zweifel, ob es überhaupt, äh, einen anderen gibt. Die Zweifel habe ich jetzt auch noch."

„Wo ist Timo Wöllner jetzt?"

„Keine Ahnung, wir haben uns nicht wieder gesehen. Und telefonisch erreichen kann ich ihn auch nicht. Sein Handy ist ausgeschaltet."

Christian Landau meldete sich nun zu Wort. Ihn beschäftigte immer noch, dass Nadine Rose eine ganz andere Rolle in dem Mordfall gespielt haben könnte.

„ Wie sollen wir das verstehen, Frau Rose? Zu Beginn der Befragung beteuern Sie, dass Wöllner unschuldig sei. Jetzt

reden Sie von Zweifeln, die Sie selbst haben? Was sagen Sie dazu?"
Nadine war von dem plötzlichen Einwand aufgeschreckt, sie schluckte trocken. „Ja. Nein. Ich glaube eigentlich nicht, dass es Timo war. Aber er hätte mir den Namen sagen müssen. Das hat er nicht. Da denkt man schon anders." Landau wurde energischer. „Der Mord an Ellen Wöllner ist nicht mal eben so passiert. Der war vorbereitet. Und zwar von dem Mann, mit dem Sie seit zwei Jahren ein Verhältnis haben. Wollen Sie mir wirklich erzählen, von all dem nichts gewusst zu haben? Das ist lebensfremd, Frau Rose, das nehme ich Ihnen nicht ab."
Nadine schwieg. Ein leichtes Zittern zeigte sich an ihren Händen. Ihr Blick ging an Landau vorbei ins Leere.
„Oder hat er Sie nur benutzt? Sind Sie so naiv, dass er Sie mit so einer billigen Geschichte täuschen kann?" Landau war von seinem Platz aufgestanden und beugte sich im Stehen zu Nadine Rose. Die wich auf ihrem Sessel zurück und zitterte nun stärker mit beiden Händen. Sie rang nach Worten. „Ich verstehe nicht, was Sie meinen." Dann gab sie sich einen Ruck, und die eben noch verzweifelt wirkende Frau erklärte nun klar und deutlich: „Wissen Sie, ich habe hier alles gesagt, was ich zu sagen hatte. Das ist die Wahrheit, nichts ist gelogen. Ja, ich habe einen großen Fehler gemacht, weil ich Timo bei seiner Flucht unterstützt habe. Aber mit dem Mord an seiner Frau habe ich absolut nichts zu tun und ich hoffe inständig, Timo auch nicht. Wenn Sie sonst noch etwas von mir wissen wollen, dann wenden Sie sich an meinen Rechtsanwalt Dr. Marxen. Den habe ich vorhin noch angerufen. Er vertritt mich in dieser Angelegenheit." Während Nadine diese Worte sagte, erhob sie sich von ihrem Sessel. „Ich möchte nun gehen."
Weder Landau noch seine Kollegin ließen sich ihre Überraschung über die plötzliche Verhaltensänderung von Nadine anmerken. Mit trockenen Worten sagte Landau: „Gehen Sie, Frau Rose. Sollten Sie heute wieder gelogen oder etwas Entscheidendes verschwiegen haben, dann wird es noch teurer für Sie, noch sehr viel teurer."

*

105

Bis zum späten Vormittag hatten sie gewartet, als sie vor Jan Lauers Haustür in Flethstedt standen. Der weiße Renault-Kleintransporter war auf der Zufahrt zu dem älteren Einfamilienhaus geparkt. Lukas Grote betätigte hartnäckig die Haustürklingel, und es dauerte einige Augenblicke, bis ein sichtlich übermüdeter kräftiger Mann in grauem Jogginganzug die Tür öffnete.

„Guten Tag. Sind Sie Herr Lauer?", grüßte Lukas Grote. Ehe er sich weiter vorstellen konnte, wurde er unfreundlich unterbrochen. „Wer will das wissen?", brummte der Mann an der Tür und wischte sich mit seiner rechten Hand durchs Gesicht und über sein fettiges und speckig glänzendes, schwarzes Haar. Dabei gähnte er laut und blickte die beiden Besucher nahezu verächtlich an.

Grote veränderte seinen anfangs höflichen Ton in einen lauteren und direkten. „Ich will das wissen. Kriminalpolizei Klosterhausen. Mordkommission." Grote hielt dabei seinen Dienstausweis hoch.

„Was wollen Sie von mir?"

„Sie sind also Herr Jan Lauer?", fragte Grote nach.

Der Mann nickte nur kurz. „Was habe ich mit der Mordkommission zu tun?"

„Das wollen wir Ihnen gern erklären. Können wir kurz reinkommen?" Grote und Gellert traten jeweils einen Schritt vor.

Jan Lauer schüttelte heftig seinen Kopf. „Nö. Reinkommen ist nicht. Ich hab' wenig Zeit, also was wollen Sie von mir?"

„Okay, dann klären wir das hier draußen. Es geht um ihren Freund Timo Wöllner."

„Timo ist nicht mein Freund. Ich kenne ihn kaum."

„Herr Wöllner steht im Verdacht, seine Frau ermordet zu haben. Er ist zurzeit flüchtig. Wann hatten Sie zuletzt mit ihm Kontakt."

Lauer blickte in die Luft und drehte dabei seinen Kopf nach links oben. „Oh, das ist ganz lange her, fast ein Jahr bestimmt. Er hat beruflich mal was für mich gemacht." Diese Worte kamen sehr zäh über Lauers Lippen, und Grote merkte, wie ihn diese Art des Gesprächs allmählich nervte. Der Mann mauerte, warum auch immer.

„Und sonst hatten Sie nichts mit ihm zu tun?"

Lauer schüttelte den Kopf.

„Haben Sie mal mit Gebrauchtwagen gehandelt?"

Lauer blickte überrascht auf, sagte aber nichts.

„Haben Sie Wöllner auch Autos verkauft?"

Lauer beugte sich leicht nach vorn. „Und? Das ist doch ewig her. Was wollen Sie von mir?"

„Herr Lauer, ich habe nur ganz einfache Fragen und Sie lassen sich jedes Wort einzeln aus der Nase ziehen. Beantworten Sie einfach meine Fragen, umso schneller sind Sie uns wieder los. Wir haben gehört, dass Wöllner, öfter bei ihnen vorbeigeschaut hat, nachdem er für Sie einen geschäftlichen Auftrag erledigt hat. Was sagen Sie dazu?"

Lauer stutzte, antwortete dann kurz und bündig. „Stimmt. Er war danach ein paarmal hier, das war belanglos."

„Waren Sie einmal bei ihm zu Hause?"

„Nö."

„Kennen Sie seine Ehefrau?"

„Nö."

„Haben Sie eine Schusswaffe?"

„Nö."

Grote war unzufrieden mit dem Gespräch, sah jedoch im Moment keine Möglichkeit, etwas mehr aus dem Mann herauszuholen. Er sah sich nach seinem Kollegen Gellert um, der sich während des Gesprächs einige Schritte entfernt hatte. Er stand an der Beifahrerseite des Kleintransporters und schaute interessiert ins Wageninnere.

„Hast du noch Fragen an Herrn Lauer?", wollte Grote von seinem Kollegen wissen.

„Nee, hab ich jetzt nicht", antwortete Kai Gellert in einer irgendwie aufgeregten Tonlage, was Grote sonderbar fand. Kai musste auf irgendetwas gestoßen sein.

„Gut, dann wär's das erstmal, Herr Lauer", wandte sich Grote wieder seinem kurz angebundenen Gesprächspartner zu. „Sie kennen den Spruch ja aus den Fernsehkrimis", sagte er zu Lauer, als er ihm seine Karte zusteckte. „Falls Ihnen noch was einfällt…"

Beim Verlassen des Grundstücks blickte Lukas Grote selbst von außen in den Renault Trafic und wusste danach sofort, was Kai Gellert entdeckt hatte.

*

107

Landau war nicht zufrieden, als er und Martina Bell gegen 20.00 Uhr ins Büro zurückkehrten. Zur Verwunderung der beiden sahen sie, dass Lukas Grote und Kai Gellert gut gelaunt im Besprechungsraum beim Feierabendbier saßen. Kai hatte den dortigen Computer in Betrieb und gerade etwas entdeckt, was ihn richtig in Euphorie versetzte. „Das gibt's doch gar nicht", bemerkte er. „Das ist ja ein Ding!"

„Was gibt es gar nicht?", fragte Landau und runzelte Stirn, was seinen Frust über das Ergebnis der Rose-Befragung unterstrich. Er hatte sich wirklich mehr von dem Druck versprochen, der gegen Nadine Rose aufgebaut worden war. Richtig neue Erkenntnisse hatte die Intensivbefragung, wie Landau solche Gespräche bezeichnete, nicht ergeben. Insbesondere war die Rolle der Rose beim Mord an Ellen Wöllner nach wie vor unklar geblieben, und Hinweise auf den Aufenthaltsort des flüchtigen Timo Wöllner gab es auch nicht. Lediglich die Bestätigung, dass das Rose-Wohnmobil als Mittel zur Flucht von Nadine zur Verfügung gestellt worden war, konnte zu den Akten genommen werden. Die Fahndung nach dem Fahrzeug war allerdings bisher ohne Erfolg geblieben, und Landau rechnete fest damit, dass sich der Flüchtige in kurzer Zeit von dem Fahrzeug trennen würde. Immerhin hatte Nadine Rose die Kontaktdaten des Flüchtigen preisgegeben, doch das Handy war abgeschaltet, eine Ortung somit zur Zeit nicht möglich.

Kai nahm einen Schluck aus der Flens-Flasche, bevor er seinem Chef antwortete. „Wir waren bei Jan Lauer. Ein echt unangenehmer Typ. Der mag mit uns nichts zu tun haben und benahm sich auch so. Hat kaum etwas gesagt und will nur geschäftlich mit Timo Gellert zu tun gehabt haben."

Lukas Grote ergänzte die Ausführung von Kai. „Dass er früher schon Gebrauchtwagen an Wöllner verkauft hat, damit musste ich ihm erst auf die Sprünge helfen."

„Aber jetzt kommt's", unterbrach Kai, „der Mann ist ja mit seinem Unternehmen spezialisiert auf EDV-Transporte. Das macht er mit seinem Renault-Trafic. Was glaubt ihr, was wir auf dem Beifahrersitz gesehen haben?"

„Nun mach' es nicht so spannend", brummte Landau. Er mochte diese Fragespielchen überhaupt nicht. Entsprechend ernsthaft waren seine Gesichtszüge, was Kai Gellert sofort dazu veranlasste, die wichtige Neuigkeit mitzuteilen.

„Auf dem Beifahrersitz des Renault lagen die gleichen weißen Baumwollhandschuhe, wie wir sie am Tatort sichergestellt haben. Die mit den beiden roten Streifen." Landau war skeptisch und zog seine Unterlippe hoch. Er überlegte, was das für den Mordfall bedeuten konnte. Lukas Grote sah die Zweifel in Landaus Gesicht. „Die mit den roten Parallelstreifen am Bund sind angeblich sehr selten, die Marke heißt „Star" und dafür gibt es nur einen Anbieter in Hannover. Wir haben die Handschuhe bei Lauer noch nicht sichergestellt, weil wir uns noch einmal vergewissern wollten."

„Und was heißt das für unseren Mordfall", wollte Martina Bell wissen. „Gibt es etwa einen anderen Tatverdächtigen?" Landau hakte ein. „So schnell kann man daraus keine Schlüsse ziehen. Aber es spielt natürlich der Argumentation von Wöllners Anwalt in die Hände. Wichtig ist, dass wir die genetischen Spuren aus den Handschuhen vom Tatort mit der DNA von Lauer vergleichen."

„Das wäre einfach gewesen, wenn Lauer wegen des Überfalls auf die Kieler Tankstelle verurteilt worden wäre", erklärte Kai Gellert. „Nach dem Freispruch hat sein Anwalt so lange geklagt, bis die gespeicherten Daten seines Mandanten vollständig gelöscht wurden. Wir müssen uns also einen entsprechenden Beschluss besorgen."

„Das dürfte kein Problem sein", fand Lukas Grote. „Außerdem sollten wir auch einen richterlichen Beschluss haben, um sein Haus, sein Auto und seine anderen Sachen gründlich durchsuchen zu können."

„Hm", bemerkte Landau, „dadurch entschärft sich der Tatverdacht gegen Timo Wöllner. Aber dann ist es so."

„Genau", sagte Grote, „und dann ist mir noch etwas sehr Wichtiges aufgefallen? Das haut euch um. Wetten?"

„Nun sag' schon", schimpfte Landau. „Das ist doch kein Quiz hier."

„Jan Lauer und Ellen Wöllner müssten sich eigentlich kennen. Beide sind ein Jahrgang. Beide sind in Siethwende bei Elmshorn geboren und haben dort auch viele Jahre mit ihren Eltern gelebt. Siethwende ist wirklich ein kleines Nest mit nur ein paar hundert Einwohnern und ein Ortsteil der Gemeinde Sommerland. In Siethwende kennt jeder jeden."

„Donnerwetter, das ist ein wichtiger Aspekt", urteilte Landau über die neue Information.

14.

Das Telefonat mit Staatsanwalt Dr. Jahn am nächsten Morgen hatte unmittelbare Folgen. Darüber war sich Landau im Klaren, als er dem Kapitaldezernenten die neue Entwicklung im Mordfall Ellen Wöllner vortrug.

„Das Landgericht wird wahrscheinlich noch heute über die Beschwerde Cramers befinden. Wenn sich herausstellen sollte, dass dieser Lauer tatsächlich für die Spuren in den weißen Baumwollhandschuhen vom Tatort infrage kommt, dann werde ich beantragen müssen, den Haftbefehl gegen Timo Wöllner aufzuheben."

„Wir müssen die Spur Lauer verfolgen, andernfalls führen wir unsere Ermittlungen einseitig", erklärte Landau und forderte Dr. Jahn auf, für die Durchsuchungen bei Lauer, für die Feststellung seiner Telekommunikationsdaten und für die Sicherung einer Speichelprobe entsprechende Beschlussanträge zu stellen. Keine Stunde später lagen die richterlichen Beschlüsse vor, wie Landau zufrieden feststellte. Dieser Staatsanwalt war einfach grandios. Wie er es innerhalb kürzester Zeit immer wieder fertigbrachte, die kompliziertesten Sachverhalte kurz und bündig als Antrag dem Ermittlungsrichter vorzulegen, das war einfach toll. Landau hatte in seiner langen Dienstzeit auch Staatsanwälte erleben müssen, die man eher „zum Jagen tragen musste", weil sie umständlich und irgendwie lebensfremd wirkten. Da war Dr. Jahn von einem anderen Kaliber und Landau war mehr als zufrieden mit dieser Situation.

*

Seine Freundin war schon zur Arbeit. Jan Lauer wollte auch gerade aufbrechen und saß schon am Lenkrad seines Renault Trafic, als die Kripo kam. Er konnte seinen Kleintransporter nicht mehr von der Auffahrt fahren, weil

Kai Gellert den dunkelblauen Dienst-Passat direkt hinter Lauers Auto parkte.

Mit finsterem Gesicht stieg er aus und wollte gerade wütend lospoltern, als er bemerkte, dass sowohl der jüngere Beamte als auch der ältere beim Aussteigen ihre Hände an ihre jeweiligen Pistolenholster legten. Dies signalisierte Lauer den Ernst der Lage und kurz darauf wusste er, dass die beiden Kriminalbeamten richterliche Beschlüsse vollstreckten.

Lauer verzichtete darauf, bei der Durchsuchung seines Hauses, seines Fahrzeugs und seiner sonstigen Sachen unabhängige Zeugen dabei zu haben.

„Sie haben uns nicht die Wahrheit gesagt", erklärte Grote dem verdutzten Mann, als er ihm den Durchsuchungsbeschluss aushändigte.

Lauer schluckte, senkte seinen Blick, sagte aber zunächst nichts und beobachtete, wie die beiden Beamten sich Einmalhandschuhe überzogen, seinen Renault öffneten und als erstes die beiden weißen Baumwollhandschuhe vom Fahrersitz nahmen und in einen mitgebrachten Asservatenbeutel legten.

„Was wollen Sie mit meinen Handschuhen?", protestierte er nun doch. „Die brauche ich bei meiner Arbeit."

„Das sind Beweismittel", antwortete Grote, während Kai Gellert das Handschuhfach öffnete. „Oh, was haben wir denn hier?", war mehr eine Feststellung des jungen Kommissars, als er vorsichtig eine Pistole aus dem Fach nahm und sie näher in Augenschein nahm. „Sig Sauer, 9 Millimeter, sagte er zu seinem Kollegen und kontrollierte das Magazin. „Geladen", stellte er sachlich fest und sah Lauer fragend an.

„Die habe ich mir besorgt, weil ich wertvolle Transporte durchführe. Auf Autobahnparkplätzen passiert ja so einiges", bemühte sich Jan Lauer um eine Erklärung. Sein Ton war nun nicht mehr so abweisend und unhöflich. Er hatte erkannt, dass ihm Ungemach drohte.

„Haben Sie einen Waffenschein?" Diese Frage stellte Lukas Grote, obwohl er die Antwort kannte.

Lauer schüttelte den Kopf.

„Haben Sie noch mehr Waffen?"

Lauer wies auf den Hauseingang. „Drei Gewehre. Die sind im Schlafzimmerschrank", war die kleinlaute Antwort. Das spärlich möblierte Haus war schnell durchsucht und die drei Langwaffen sichergestellt. Bei den drei Sportgewehren handelte es sich um eine Beretta Bockdoppelflinte, eine Mercury Bockdoppelflinte und eine CZ Kleinkaliber-Repetierbüchse. Kai Gellert kamen die Waffen bekannt vor und er kommentierte den Fund. „Ist ja höchstinteressant, woher die Waffen stammen. Das sollten Sie uns erklären." Lauer hob beide Schultern hoch, zog seine Unterlippe vor und entgegnete trotzig: „Dazu sage ich nichts. Alles Weitere von meinem Anwalt."

„Nee, so nicht", parierte Grote. „Alles Weitere erstmal von uns. Sie kommen mit. Wir nehmen Sie hiermit vorläufig fest. Sie stehen mit dem Mord an Ellen Wöllner in Verbindung. Wie genau, das wird sich ganz schnell zeigen."

*

Timo Wöllner hatte an diesem Morgen schon mehrfach versucht, seinen Rechtsanwalt zu erreichen.

„Der Chef ist im Landgericht, das kann dauern", war die Antwort seiner resoluten Mitarbeiterin gewesen. Und Timo war immer nervöser geworden. Punkt zwölf Uhr mittags klappte es, er hatte seinen Verteidiger am Apparat. Henry Cramer teilte dem Mordverdächtigen die Entscheidung des Landgerichts über die schriftliche Haftbeschwerde mit. Obwohl nur nach Aktenlage entschieden worden war, hatte Cramer durch seine speziellen Informationskanäle zur Geschäftsstelle der zuständigen Kammer erfahren, dass die Entscheidung an diesem Vormittag fallen würde.

Es war daher kein Zufall, dass Cramer sich ausgerechnet angeblich in anderer Sache in der Geschäftsstelle aufhielt. Es bereitete ihm eine große Freude, seine Argumentation in der Beschwerde gegen die Untersuchungshaft Wöllners in der Gerichtsentscheidung fast wörtlich lesen zu können. Entsprechend locker sprach er nun am Telefon mit seinem Mandanten. Gemäß seines sich selbst formulierten äußerst eigenwilligen Berufsmottos „Ich will keine Gerechtigkeit – ich will Freispruch!" erklärte er Wöllner: „Das war der erste Schritt, den Rest kriegen wir auch noch hin. Wenn jemand vom Landgericht mit so gewichtigen Gründen aus der U-Haft entlassen wird, dann hat er schon den halben Freispruch in der Tasche."

*

Keine Stunde später wusste auch Landau von der Aufhebung des Untersuchungshaftbefehls. Es kam ihm so vor, als habe die Entwicklung des Falles ein eigenes Drehbuch geschrieben. Denn zwei Tatverdächtige unabhängig voneinander konnten Ellen Wöllner nicht getötet haben. Bei dem einen – dem Ehemann – war die Beweislast nach Ansicht des Landgerichts nicht stark genug, um zumindest weitere U-Haft zu bestätigen. Dennoch galt Timo Wöllner weiterhin als tatverdächtig, wie Staatsanwalt Dr. Jahn dem Leiter des 1. Kommissariats gerade telefonisch versicherte, als er ihn über die Aufhebung des Haftbefehls informierte.

Und der nun erst in Verdacht geratene Jan Lauer war ebenfalls mit peinlicher Genauigkeit zu überprüfen. Zu sehr waren einige Indizien zu seinen Lasten ans Licht gekommen. Einen dringenden Tatverdacht wollte Dr. Jahn dadurch jedoch nicht begründet sehen. „Da warten wir mal auf das Ergebnis des DNA-Vergleichs mit den offenen Spuren aus den Handschuhen. Ansonsten wäre es gut, dass Herr Lauer sich äußert, wenn er mit dem Mord nichts zu tun haben will", sagte Dr. Jahn.

Doch Lauer sperrte sich. Zunächst. Als Lukas Grote ihm im Vernehmungszimmer klar gemacht hatte, dass sein Anwalt Henry Cramer bereits einen Mandanten in der Mordsache Ellen Wöllner vertrete und somit für Lauer nicht zur Verfügung stehen dürfte, da war Lauer mit einem Mal gesprächsbereiter. „Ach, ja, der Ehemann. Und der ist flüchtig. Dann hat er wohl auch Gründe dafür. Aber wenn der es war, dann kann ich es wohl nicht gewesen sein."

„Nichts ist so, wie es scheint", wiederholte Lukas Grote an dieser Stelle das Zitat, das Christian Landau vor einigen Wochen in einer Diskussion gebraucht hatte. Grotes Kollege Gellert nickte dazu anerkennend. „Wir sammeln nur die Fakten, entschieden wird darüber bei Gericht", fuhr

Grote fort. „Wollen Sie uns etwas über die Herkunft der Waffen sagen?"

Lauer überlegte. „Lassen Sie mich dann gehen?"

„Es wäre nicht fair, wenn ich das jetzt sagen würde", erklärte Grote. Er war überhaupt kein Freund davon, einem Beschuldigten irgendwelche Versprechungen zu machen. Aufmerksam hörte Kai Gellert seinem Kollegen zu, hatte er doch kürzlich mit dem Mordverdächtigen Ben Sommer ein Gespräch gehabt, das von seinem Chef heftig kritisiert worden war. Lukas Grote sagte klar und deutlich: „Hier wird nichts versprochen, Herr Lauer. Wir hören, was Sie uns zu sagen haben. Also, woher kommen die Waffen?"

„Dann sage ich dazu nichts", beharrte Lauer nun bockig. Auch zu den weißen Baumwollhandschuhen und darüber, ob er das Mordopfer gekannt habe, wollte er nichts aussagen. Er verweigerte weitere Angaben.

Als er dann die richterlich angeordnete Speichelprobe verweigerte, wies Grote ihn auf die Konsequenz hin, dass nun ein Arzt ihm notfalls auch gegen seinen Willen eine Blutprobe abnehmen werde. Nun willigte Lauer ein, doch lieber eine Speichelprobe zu geben. „Aber die Ergebnisse kommen in keine Kartei", forderte er und lamentierte darüber, dass schon einmal seine Daten aus der DNA-Datei gelöscht werden mussten, weil sie angeblich zu Unrecht gespeichert worden waren.

Lukas Grote hatte kein Interesse, sich auf eine Diskussion über Sinnhaftigkeit von Datenspeicherungen einzulassen. „Wir schauen mal, was der Vergleich mit den genetischen Spuren vom Tatort ergibt", sagte er lakonisch und ließ Jan Lauer über die Art der erwähnten Spuren vom Tatort bewusst im Unklaren. Der wiederum zeigte in seiner Mimik und Gestik eine deutlich spürbare Unsicherheit, als Kai Gellert ihm den Wattestab zur Sicherung der Speichelprobe in den Mund schob. Oder war es gar die Befürchtung eines Täters, in allerkürzester Zeit eines schweren Verbrechens überführt zu werden?

Verwunderung machte sich im Gesicht Lauers breit, als er nach Beendigung dieser Maßnahme und einer sich anschließenden erkennungsdienstlichen Behandlung nach Hause durfte. Christian Landau hatte mit Staatsanwalt Dr.

Jahn lange das Für und Wider diskutiert, Lauer bis zum Ergebnis des genetischen Spurenvergleichs in Gewahrsam zu halten. Da dieser Vergleich in zeitlicher Hinsicht aufwendig war, sah Dr. Jahn die Verhältnismäßigkeit für ein Festhalten des Neuverdächtigen nicht gegeben. Die Tatsache, dass Lauer eine Aussage ablehnte, sei nicht beweiserheblich, wie der Staatsanwalt juristisch treffend argumentierte. Dem konnte der erfahrene Hauptkommissar nur zustimmen. Seine Kollegen Grote und Gellert nahmen die Entscheidung mit nur leichtem Protest entgegen.

15.

„Innendienst ist Mist", maulte Martina Bell. „Es wird Zeit, dass Claudia aus dem Urlaub zurückkommt. Sie ist viel schneller mit diesem EDV-Kram. Das ist echt nicht mein Ding", sagte sie zu ihrem Chef. Martina hatte an dem gesamten Tag der Aktion bei Jan Lauer und am folgenden den Computer gefüttert. Sämtliche Ermittlungsschritte und Daten waren in das spezielle Vorgangsbearbeitungsprogramm einzugeben, eine sehr aufwendige Prozedur, bei der sie sehr konzentriert vorgehen musste. Und jetzt, am nächsten Morgen, hatte sie alle neuen Informationen des Mordfalles Ellen Wöllner in das System eingegeben und parallel dazu den weiteren Aufbau der Ermittlungsakte betrieben. „Die Akte steht", verkündete sie stolz. Doch Landau nahm die Mitteilung kaum zur Kenntnis, das Klingeln seines Telefons lenkte ihn ab. Den Anrufer konnte Landau kaum verstehen, er sprach gedämpft und flüsterte fast. Landau musste mehrfach nachfragen, bis er wusste, wer der Anrufer war. Hermann Schütte der Hausmeister der Berufsschule Klosterhausen und Nachbar der Wöllners in der Mönchstwiete wollte seine Beobachtungen vom frühen Morgen mitteilen. „Er ist wieder da. Der war doch auf der Flucht, der Wöllner, und nun ist er zu Hause".
Die Tatsache, dass das Landgericht Wöllners U-Haftbefehl aufgehoben hatte, war den Medien nicht mitgeteilt worden und somit in der Öffentlichkeit auch nicht bekannt. Insofern erhielt Hermann Schütte von Christian Landau aus erster Hand Informationen, die der als sehr kommunikativ geltende Hausmeister nicht nur in der Berufsschule

115

verbreiten würde. Brummig legte Landau am Ende des Telefonats den Hörer auf.

„Timo Wöllner ist wieder zu Hause", teilte er schlecht gelaunt seiner Kollegin mit. Die Stimmung wurde besser, als wenig später Lukas Grote mit dem soeben eingegangenen Ergebnis des DNA-Abgleichs auftrumpfte. „Die Spuren aus den Handschuhen vom Tatort stammen von Lauer. Das ist doch mal eine Meldung", kommentierte Lukas Grote. Kai Gellert, der Grotes Mitteilung ebenfalls mitbekommen hatte, sekundierte aus dem Hintergrund. „Stimmt! Dann los! Den Lauer holen wir uns. Das ist unser Mann."

„So schnell schießen die Preußen nicht", dämpfte Landau die aufkommende Euphorie. Zu oft hatte er in seiner langjährigen Karriere diese Momente erlebt, die man in seinem Kommissariat gemeinhin als ‚Ups' bezeichnete. Nicht selten folgten diesen ‚Ups' dann sehr schmerzhafte und frustrierende ‚Downs'. Diese Motivationsachterbahnen kannte er also zur Genüge. Das werde ich erstmal mit Staatsanwalt Dr. Jahn besprechen, entschied der K-Leiter deshalb.

*

Wenig später war es die gleiche Situation wie zwei Tage zuvor. Nachdem Dr. Jahn von Landau über die aktuelle Beweislage in Kenntnis gesetzt worden war, hatte dieser beim Amtsrichter Bolten unverzüglich einen Haftbefehl beantragt, den dieser sofort mündlich bestätigt hatte. Und nun fuhr der dunkelblaue Dienst-Passat gerade wieder auf die Grundstücksauffahrt bei Jan Lauer, als dieser mit seinem Renault sein Grundstück verlassen wollte. Jan Lauer ahnte wohl, dass etwas Entscheidendes geschehen war und polterte die beiden herannahenden Kripobeamten nicht an, sondern wartete im Fahrzeug und umfasste mit beiden Händen das Lenkrad. Lukas Grote trat an die geöffnete Fahrertür und erklärte dem sichtlich beeindruckten Mann am Steuer, dass der Amtrichter einen Haftbefehl wegen des Verdachts, Ellen Wöllner erschossen zu haben, gegen ihn erlassen habe. Lauer ließ sich widerstandslos festnehmen. Zu dem Tatvorwurf sagte er kein Wort.

*

Ron Stöver war noch nicht so lange Anwalt. Als Sozius in der Kanzlei Henry Cramers hatte er sich zwar so einiges abgeguckt, aber dennoch seinen eigenen Stil entwickelt. Der junge Mann mit kurzen blonden Haaren und legerem Jeansanzug erschien wenige Minuten, nachdem Jan Lauer von der Kripo Klosterhausen aus in der Kanzlei um seine Verteidigung gebeten hatte. Im Gegensatz zu Cramer wirkte der Mittzwanziger smart, er machte einen sympathischen Eindruck.

„Sie haben doch sicher Verständnis dafür, dass ich mit meinem Mandanten zunächst unter vier Augen sprechen möchte", hatte er gleich gesagt, als er im 1. K angekommen und sich im Besprechungsraum den Mitarbeitern vorgestellt hatte. Mittlerweile lag der Haftbefehl schriftlich vor, so dass Stöver die darin enthaltenen Punkte, die den Tatverdacht gegen seinen Mandanten begründeten, schwarz auf rot nachlesen konnte. „Das ist ja allerhand", bemerkte er, als Martina Bell ihm den Haftbefehl übergeben und er ihn gelesen hatte. „Dann werde ich mal sehen, was Herr Lauer dazu sagen kann. Vielleicht kann er das alles erklären und der schlimme Verdacht löst sich in Nullkommanichts in Luft auf", sagte Ron Stöver, wandte sich mit einem leichten Lächeln der Beamtin zu und sah sie mit seinen stahlblauen Augen an. Den Beamten Landau, Grote und Gellert war der Eindruck nicht entgangen, dass der Verteidiger des Mordverdächtigen einen Flirtversuch unternommen hatte. Martina schien es Spaß zu machen, darauf einzugehen. Mit ebensolchem Lächeln schaute sie Stöver ins Gesicht und bemerkte gut gelaunt. „Dann geben Sie Ihr Bestes. Hauptsache ist, die Wahrheit kommt ans Licht. Wir zählen auf Sie."

Es dauerte zwei Stunden, bis Ron Stöver das Gespräch mit seinem Mandanten beendet hatte. Zwischendurch war er zweimal im Besprechungsraum erschienen, um die Dauer der Unterredung zu erklären. Er hatte jeweils angekündigt, dass Jan Lauer in Gegenwart seines Anwalts eine umfassende Aussage machen werde.

Christian Landau sah das kritisch. Zu lange dauerte die Aussprache zwischen Mandant und Verteidiger. Zeit genug, um an schlecht widerlegbaren Erklärungen zu basteln? Der Leiter des 1. K war allerdings verwundert über die höfliche und mitteilsame Art des Rechtsanwalts. Immerhin Sozius des als Konfliktverteidiger hinreichend bekannten, wenn nicht sogar berüchtigten Henry Cramer. Und ausgerechnet der aus Cramers Kanzlei kommende Ron Stöver sollte sich kooperativ verhalten? Oder lag es an dem auffälligen Verhalten des Anwalts gegenüber der Oberkommissarin Bell? Aber nein, Landau verlor sich in merkwürdigste Spekulationen. Denn tatsächlich kam es so, dass Jan Lauer eine ausführliche Erklärung abgab.

Mit seinem Anwalt kam er ins Besprechungszimmer. „Wir wären dann soweit. Herr Lauer möchte aussagen", kündigte Stöver an und schaute in die Runde am Besprechungstisch, wobei sein Blick wieder auffällig an Martina Bell hängen blieb. Die wies auf ihre Kollegen Grote und Gellert und erklärte dem Anwalt, dass die beiden Beamten Herrn Lauer im Vernehmungsraum anhören würden, da sie sich bisher auch mit ihm befasst hatten."

„Schade", entfuhr es dem grienenden Anwalt, der mit dieser Äußerung deutlich machte, gern gesehen zu haben, dass Martina Bell bei der Vernehmung anwesend gewesen wäre.

Martina hatte die Äußerung auch genauso verstanden. In dem ihr sehr eigenen unverwechselbaren Charme bemerkte sie: „Vielleicht ein anderes Mal."

„Du, Martina, pass auf, mach' es nicht zu doll", warnte Landau augenzwinkernd, als die Vernehmung begonnen hatte und er mit seiner Kollegin im Besprechungsraum zurück geblieben war.

„Ach Christian, wie du siehst, können Anwälte sehr nett sein", säuselte Martina und grinste breit.

„Die Sache ist einfach", berichtete Lukas Grote, nachdem Lauers Vernehmung beendet war. Lauer, Anwalt Stöver und Kai Gellert warteten unterdessen im Vernehmungsraum auf den weiteren Gang der Dinge.

„Jan Lauer zeigte sich ausgesprochen kooperativ", begann Grote. Er kennt Timo Wöllner tatsächlich von früher, als er noch mit Gebrauchtwagen handelte. Timo war damals ein guter Kunde. Beide haben sich dann aber aus den Augen verloren und sind erst wieder zusammen gekommen, als Lauer das Haus seiner Großeltern geerbt hatte und mit allem Pipapo inklusive Wärmedämmung umbaute. Dabei hat Wöllner ihn beraten. Danach haben sie sich immer mal wieder getroffen, einfach so zum Schnacken. Vor wenigen Wochen hat Wöllner ihm die drei Waffen angeboten. Über die Herkunft hat Wöllner zunächst angeblich nichts gesagt, nur, dass sie ‚sauber' seien. Lauer habe die Waffen, insbesondere die Sig-Sauer unbedingt haben wollen und letztlich alle drei für einen Tausender genommen."

Grote schenkte sich erstmal einen Becher Kaffee ein und trank einen großen Schluck, bevor er fortfuhr.

„Und jetzt kommen die Handschuhe ins Spiel. Lauer sagt, dass er zuerst misstrauisch gewesen sei, was die Herkunft der drei Schusswaffen anging. Deshalb will er seine Baumwollhandschuhe getragen haben, als Wöllner ihm die Waffen nach Hause gebracht habe. Wöllner soll deshalb noch gelästert haben, von wegen Vertrauen unter alten Kumpel und so. Dann erst sei er damit rausgerückt, dass die Waffen von seinem verstorbenen Vater kämen. Weil Wöllner so ein Theater wegen der Handschuhe gemacht habe, will Lauer ihm das Paar als ‚Andenken' geschenkt haben."

Landau blickte kritisch. „Klingt zwar gut, was er sagt. Aber wie kann man das belegen?"

„Nun, er will die Story seiner Freundin erzählt haben. Die habe ich gleich nach der Vernehmung angerufen. Sie bestätigt das. Zuerst druckste sie herum wegen der Waffen, aber dann erzählte sie die Geschichte genauso wie Lauer."

Landau sah nun noch etwas, was ihm sehr wichtig war.

„War Lauer schon einmal bei Wöllner zu Hause? Und was sagt er zu Ellen Wöllner? Die müsste er doch noch aus seiner Kindheit kennen."

„Lauer bestreitet, jemals bei Wöllner zu Hause gewesen zu sein. Er schien immer noch verblüfft darüber, dass er und das Mordopfer angeblich im selben Dorf aufgewachsen sind. Er sagt, Frau Wöllner nie gesehen zu haben und Timo habe kaum mal von ihr gesprochen. Er bestätigt, mit einer Ellen zusammen die Schulbank gedrückt zu haben. Ellen Dahrendorf sei ihr Name gewesen. Dass diese Ellen später Timo geheiratet hat, war ihm völlig neu."

„Puh, ist das alles merkwürdig", haderte Landau. „Nun haben wir wieder nichts, was uns in unserer Mordsache weiter bringt. Man wäre schon dankbar, wenn wir uns auf einen Verdächtigen konzentrieren könnten. Aber wir haben nun zwei davon, und bei keinem können wir von einem dringenden Tatverdacht sprechen."

Lukas Grote stimmte zu. „Beide Männer könnten es gewesen sein. Alibimäßig war bei Lauer natürlich nichts mehr drin. Er kann sich nicht erinnern. Dafür ist die Tat zu lange her. Aber er hat meiner Meinung nach die glaubwürdigere Geschichte gebracht. Außerdem kennen wir kein Motiv, das ihn geleitet haben könnte. Das ist bei dem Ehemann doch ganz anders."

„Richtig", sagte Landau, „die Motivlage ist bei Timo Wöllner klar. Die Trennung stand an und damit eine Menge Probleme für ihn. Was uns fehlt, ist ein klarer Beweis."

„Und den haben wir mit den genetischen Spuren in den Baumwollhandschuhen gegen Lauer", schlussfolgerte Grote sichtlich unzufrieden. „Aber für die Handschuhe bietet er ein Erklärung. Kann natürlich alles gelogen sein. Ach, ist das ein tückischer Fall:"

Nach Rücksprache Landaus mit Dr. Jahn wurde Jan Lauer am Ende seiner Vernehmung nach Hause entlassen. Nicht zuletzt durch das Einwirken seines Rechtsanwalts zeigte er sich kooperativ. Er war bereit, seine Geschäftsunterlagen für noch ausstehende Ermittlungen hinsichtlich eines Alibis für die Tatzeit vorzulegen. Auch war er mit der Überprüfung seiner Handydaten einverstanden. Für die Beamten des 1. K bedeutete dies noch eine Menge Arbeit, um die Ermittlungsspur ‚Lauer' abschließend beurteilen zu können. Von einer heißen Spur konnte man aber unter keinen Umständen sprechen.

16.

Timo Wöllner fühlte sich gut. Nach seiner Flucht wohnte er wieder dort, wo er immer gewohnt hatte. In dem Haus Mönchstwiete 12, das seiner verstorbenen Frau gehört hatte. Ihm war zwar klar, dass der Erbfall gerichtlich geklärt werden würde. Ihm schwebte vor, selbst das Erbe seiner Frau anzutreten. Dafür würde er kämpfen, hatte er sich fest vorgenommen. Also würde er in der Mönchstwiete bleiben. Bitter genug war für ihn, dass seine berufliche Karriere durch die Ereignisse erhebliche Risse erlitten hatte. Waren für ihn vor seiner Inhaftierung noch sechs lukrative Aufträge in Aussicht gewesen, so fand er in der Post zu Hause bereits fünf Absagen. Der Mord an seiner Frau, der Verdacht gegen ihn und die angeordnete U-Haft, aber nicht zuletzt die öffentliche Fahndung nach ihm während seiner spektakulären Flucht hatten seine potentiellen Kunden skeptisch werden lassen. Zu sehr war in den Medien darüber berichtet worden. Für Timo Wöllner nicht so schlimm, dass er nicht an eine gute Zukunft glaubte. Wirtschaftlich würde er schon wieder auf die Beine kommen. Und die Verbindung zu Nadine Rose war ja nicht völlig vernichtet. Da ließe sich bestimmt noch etwas machen. Vielleicht könnte er sich ja in ihrem Unternehmen nützlich machen. Wöllner war eben nicht der Typ, der den Kopf in den Sand stecken würde. Jetzt, da der Verdacht gegen ihn so abgeschwächt war, dass das Gericht den U-Haftbefehl aufgehoben hatte, was sollte ihm schon noch passieren. Für den Rest des Verfahrens wäre Henry Cramer zuständig. Timo Wöllner wollte mit allem abschließen, was ihm in den vergangenen Wochen unbehaglich gewesen war. Ein Neuanfang sollte her. Selbstbewusst war er schon am Tag nach der für ihn positiven gerichtlichen Entscheidung zur JVA gefahren, um seine Sachen abzuholen. Die Begegnung mit den Justizbeamten, die ihm seine ‚Habe‘, wie seine Sachen im JVA-Deutsch genannt wurden, mit eindeutig kritischen Blicken und erst nach Rücksprache mit Haftrichter Bolten aushändigten, machte ihm überhaupt nichts aus. Im Gegenteil. Ein Gefühl der Genugtuung und der Überlegenheit machte sich in ihm mehr als breit. Das Aufeinandertreffen mit dem Justizbeamten Mathias Sturm ließ ihn kalt, während Sturm große Mühe hatte, die Fassung zu bewahren. Dieser ehemalige U-Häftling hatte ihn fast seine Beamtenstellung gekostet. Nur seine kooperative Haltung und sein Bemühen um vollständige Aufklärung hatten dazu beigetragen, dass Sturms Suspendierung schnell aufgehoben worden war.

Wöllners Stimmung war also gut. Nur der eine Anruf, den er einige Minuten zuvor erhalten hatte, störte ihn.
„Sag' mal, hast du sie noch alle?" Diese wütende Bemerkung von Jan Lauer alarmierte ihn.
„Ich verstehe nicht, was meinst du damit?", fragte er seinen Bekannten betont gelassen.
„Was ich damit meine? Du hast mich in die Geschichte mit deiner Frau reingezogen", schnaubte Lauer lautstark. „Die Kripo hat mich gelöchert wegen der Waffen und der Handschuhe, die du von mir bekommen hattest. Stundenlang haben die mich festgehalten."
„Und was hab' ich damit zu tun? Was redest du da überhaupt von Handschuhen? Welche Handschuhe?"
„Oh, so läuft das! Damit kommst du nicht durch, Timo! Das wird teuer für dich, sehr, sehr teuer", drohte Lauer.
„Nun krieg' dich mal wieder ein", entgegnete Wöllner. „Ich hab' dich in nichts reingezogen. Die Bullen hatten mich auch unter Verdacht. Ich musste sogar in den Bau. Unschuldig! Verstehst du? Ist doch gut, dass sie dich nicht eingebuchtet haben. Dann haben wir beide eben nichts mit dem Mord an Ellen zu tun", versuchte Wöllner das Thema abzuwürgen.
„Nichts ist gut", widersprach Lauer energisch. „Außerdem haben die Bullen mir die vier Waffen von dir wieder abgenommen. Die bin ich los und ein Verfahren habe ich deshalb auch an der Backe. Du übrigens auch, weil du sie mir verkauft hast. Die tausend Euro, die ich dir für die Waffen abgedrückt hatte, die will ich wieder haben."
„Nun mal langsam", bremste Wöllner und besann sich während er redete. „Geschäft ist zwar Geschäft, aber weil du es bist, kriegst du die Kohle wieder. Dauert aber noch etwas, ich bin gerade nicht so flüssig."
Lauer beruhigte sich. Die Aussicht auf die Rückzahlung des Geldes bewirkte, dass das Telefonat einen friedlichen

Abschluss fand. Aber Wöllners Laune war danach nicht mehr so gut.

*

Die Stimmung im Besprechungsraum entsprach dem Wetter an diesem Tag in der zweiten Augusthälfte. Den Vormittag über hatte es immer wieder geregnet, und nun am frühen Nachmittag war es bei sehr bedecktem Himmel und knapp achtzehn Grad sehr trübe draußen. Die kleine Runde des 1. K war dabei, neue Ansätze für die weitere Arbeit im Mordfall Ellen Wöllner zu finden. Ein mühsames Unterfangen, weil so gut wie sämtliche Ideen an der Tatsache nicht vorbei kamen, dass als Tatverdächtiger Nummer Eins der Ehemann und danach Jan Lauer in Frage kamen. Einen Hinweis auf einen ganz anderen Täter gab es nicht. „Das können wir uns sparen", urteilte Landau frustriert und biss in ein Stück Pudding-Kopenhagener, den er für die Gesprächsrunde mittags beim Kloster-Bäcker gekauft hatte. Auch Martina, Lukas und Kai fingen nun an, den Puddingsplunder zu essen. „Mmh", lobte Martina Bell das dänische Gebäck, „einfach köstlich, der Plunder. Das hat der Kloster-Bäcker drauf."

„Wieso eigentlich Plunder?", fragte Kai mit vollem Mund, „Ich denke, der heißt Kopenhagener."

Christian Landau antwortete und stiftete bei Kai noch mehr Verwirrung. „Eigentlich ist es Wienerbrod."

„Häh? Was denn nun?", brummte Kai. Er wollte sich nicht auf den Arm nehmen lassen.

„Das sind alles richtige Namen", mischte sich Lukas Grote nun ein und erzählte, was er über den Kuchen wusste. „Irgendwie haben Wiener Bäcker das Zeug in Kopenhagen vor weit über hundert Jahren eingeführt und von dort hat es sich weiter verbreitet. Immer mit anderen Namen. In Amerika heißt der Kopenhagener kurz Danisch."

„Egal, wie man ihn nennt", resümierte Landau genussvoll, „Hauptsache, es schmeckt uns". Dabei steckte er sich das letzte Stückchen seines Kopenhageners in den Mund und wischte sich anschließend mit einer Serviette die vom Gebäck klebrig gewordenen Finger ab.

123

„Richtig", fand Martina und wandte sich ihrem Chef zu „So ein Genuss bringt uns bestimmt auf neue Gedanken."

„Na, wenn es hilft, dann hole ich vom Kloster-Bäcker noch eine Runde Kopenhagener", meinte Landau.

„Nee, für heute reicht es", entgegnete Martina. „Ich habe heute schon in unserem EDV-Vorgangsbearbeitungssystem recherchiert und dabei ist mir etwas aufgefallen, was ich bei der stupiden Eingabearbeit gar nicht bemerkt habe."

„Na, erzähl' schon. Mach es nicht so spannend", forderte ihr Chef sie auf.

„Entweder habe ich nicht alle Daten vollständig zum Fall Wöllner eingegeben, oder es fehlen noch Ergebnisse."

„Du hast doch gesagt, dass die Akte jetzt steht, weil alle Daten daraus auch in unserem System vorhanden sind", bemerkte Landau verunsichert. Seine Einstellung zur EDV-gestützten Fallbearbeitung war zwiespältig. War er vor Jahren noch der Überzeugung, dass Kripo-Arbeit ,von der Hand' die einzig wahre sei, so war er nach und nach vor allem durch Lukas Grote davon überzeugt worden, dass man ohne EDV-Hilfe gar nicht mehr klarkommen könnte.

„Das stimmt auch", antwortete Martina, „aber im Bereich der kriminaltechnischen Untersuchungen könnten wir noch zusätzliche Ergebnisse in sogenannten Unterkategorien fordern."

„Was meinst du genau", wollte Lukas Grote wissen. Er hatte sich den Fall im EDV-System bereits mehrere Male angesehen und ihm war nichts aufgefallen.

„Zum Beispiel nehmen wir einmal die Kleidung, die bei der toten Ellen Wöllner sichergestellt worden ist. An der Kleidung sind Faserspuren, Haare, Blut und Schmauch gesichert und untersucht worden. Die Ergebnisse sind vollständig und als Gutachten zur Akte gekommen. Das gilt auch für die Folienabzüge von der Haut des Opfers. Sämtliche hier vorhandenen Hautschuppen und Fasern sind untersucht und dem Opfer zugeordnet worden."

„Das habe ich auch festgestellt", befand Grote. Seinen Spitzname ,der Genaue' hatte er nicht von ungefähr. Wenn Grote sich eine Sache angesehen hatte und zu einem Ergebnis gekommen war, dann war daran nichts mehr zu rütteln. Er war deshalb überrascht, welche Überlegung seine Kollegin nun zur Diskussion stellte.

„Ich bin über die Fingernägel gestolpert. Sie wurden vor der Obduktion bei der Leiche gesichert und zur weiteren Untersuchung der KTU beim Landeskriminalamt übergeben. Dort wurde festgestellt, dass an den Fingernägeln Blutanhaftungen waren. Das Blut des Opfers."

„Ja, stimmt. Mehr war da nicht", bestätigte Grote.

„Das ist genau die Frage", bemerkte Martina sybillinisch und sah nun in fragende Gesichter. Dann fuhr sie fort. „Warum lassen wir denn die Fingernägel beim toten Opfer abschneiden und untersuchen? Weil die Erfahrung gezeigt hat, dass sich Spuren eines Angreifers unter den Fingernägeln befinden können. Das ist nicht so selten, wissen wir. Wenn Ellen Wöllner sich nun noch gegen ihren Mörder gewehrt hat, dann könnten doch noch andere Spuren als Blut an den Nägeln sein. Dazu haben wir aber keine Ergebnisse. Ich gehe davon aus, dass die Untersuchung mit dem Blutnachweis an den Nägeln abgeschlossen worden ist. Aber vielleicht ist da ja noch mehr. Vielleicht Spuren vom Mörder:"

Grote wurde nachdenklich. „Stimmt. Könnte gut sein."

Plötzlich war er da, der Gedanke. Landau merkte, wie eine Idee Form annahm. Und er erinnerte sich. „Der Wöllner hatte doch einen kleinen Ratscher unter dem linken Ohr. Gerlach hat das auch fotografiert. Wöllner hat gesagt, dass das mit dem Nassrasierer passiert sei."

*

Dr. Rasmus war schon lange in der KTU des LKA Kiel. Seit die Untersuchung der genetischen Spuren in den neunziger Jahren immer größere Bedeutung für die Aufklärung auch spektakulärer Mordfälle erlangt hatte, war sein Sachgebiet stetig gewachsen. Technisch mit allermodernsten Anlagen ausgestattet, waren ihm und seinem kompetenten Team in den vielen Jahren wieder und wieder nie für möglich gedachte Erfolge gelungen. Auch Altfälle waren dabei gewesen, die durch immer spezieller geführte DNA-Untersuchungen endlich gelöst werden konnten. Ein fünffacher Raubmörder, jahrzehntelang unerkannt und unbehelligt, war so überführt worden. Ein

Raubmörder, der zwei alte Menschen erstochen hatte genauso wie ein Sexualmörder, der eine Greisin vor mehr als drei Jahrzehnten erdrosselt hatte. Auch das 1. K aus Klosterhausen hatte immer wieder auf die verlässlichen Ergebnisse der Abteilung von Dr. Rasmus zählen können. Einen der ersten Treffer in Schleswig-Holsterin in der vor über zwanzig Jahren neu erstellten DNA-Datei war für Landaus Team die Identifizierung eines brutalen Raubmörders gewesen. Er hatte sein Opfer über mehrere Stunden zu Hause gefoltert, damit es ein Geldversteck im Hause preisgibt. In den vielen Stunden hatte der Täter Zigaretten geraucht und die Kippen am Tatort zurückgelassen. Eine Steilvorlage für DNA-Untersuchungen.

Als Christian Landau nun den von ihm hoch geachteten Dr. Rasmus anrief, da hatte er sich wohl überlegt, wie er das Thema ansprechen könnte, ohne dass Dr. Rasmus sich in irgend einer Form vor den Kopf gestoßen fühlen sollte, so, als wäre die Arbeit nicht ordentlich gemacht worden. Bei dem Gespräch merkte Landau aber schnell, dass er sich diese Gedanken umsonst gemacht hatte. Dr. Rasmus war ein sehr aufgeschlossener Mensch, seine verbindliche Art war dazu angetan, das Konstruktive in den Vordergrund zu stellen. Daher hatte er überhaupt keinen Grund, das Ansinnen Landaus infrage zu stellen. Sehr gründlich berichtete er von den erfolgten Untersuchungen der Fingernägel. „Wir haben jeden Fingernagel genau geprüft. Uns ist dabei nur das Blut aufgefallen, das ja Blut vom Opfer war. Die Hände hatten in einer Blutlache gelegen. Fremde DNA haben wir nicht festgestellt."

„Könnte es nicht sein, dass ganz winzige Hautpartikel sich in dem getrockneten Blut an den Nägeln befinden", wandte Landau ein und steuerte damit auf den eigentlichen Grund seines Anrufs bei Dr. Rasmus hin. Der zeigte sich offen und machte ein Angebot. „Es ist noch Restmaterial da. Wir können die Untersuchung gerne noch einmal wiederholen. Ich weise aber darauf hin, dass dann das gesamte Material verbraucht sein wird."

Landau war mit dem Vorschlag sehr einverstanden und erfuhr, dass mit einem Ergebnis in drei Tagen zu rechnen sei.

17.

Timo Wöllner hatte in den letzten Tagen seine Arbeit aufgenommen. Der einzig verbliebene Auftrag war sehr wichtig für ihn. Es handelte sich um die Innen- und Außendämmung für einen Wohnblock an der Hamburger Straße. Auftraggeber war Harm Butenschön, ein Investor aus Würzburg, der vor vielen Jahren in Klosterhausen ein Baugeschäft betrieben hatte und dann in die Immobilienwirtschaft gewechselt war.

Butenschöns Immobilienunternehmen mit Namen Wo-Invest gehörten mittlerweile gut einhundert Wohnungen, fast alle in Würzburg. Mit dem Block in Klosterhausen hatte Butenschön begonnen, von der Bauwirtschaft in die Wohnungswirtschaft zu wechseln. Da die Wo-Invest auch die vollständige Verwaltung ihres Bestandes führte, war der Firmensitz in Würzburg. Harm Butenschön kam nur noch sehr selten nach Schleswig-Holstein. In alter Verbundenheit zu Klosterhausen war er der Auffassung, dass ortsansässige Firmen die Arbeiten rund um die energetische Sanierung seines Wohnblocks in der Hamburger Straße übernehmen sollten. So war der selbstständige Energieberater Timo Wöllner zu dem lukrativen Auftrag gekommen. Von dem Medienwirbel um den Mord an Ellen Wöllner und den Verdacht gegen den Ehemann sowie dessen Aufsehen erregender Flucht hatte Butenschön im fernen Würzburg nichts mitbekommen. Zwar hatte er sich gewundert, den Energieberater für einige Zeit telefonisch nicht erreicht zu haben, dies aber durch andere priorisierte Vorhaben in Bayern nicht für so wichtig erachtet. Als Wöllner nun seine Arbeit wieder begonnen hatte, war es seine erste Aufgabe gewesen, den Kontakt mit Butenschön aufzunehmen. Der zeigte sich sogar erfreut, dass Wöllner sich bei ihm meldete und verschiedene Vorschläge für die Sanierung seines Wohnblocks in Klosterhausen unterbreitete. Die guten wirtschaftlichen Aussichten in der Zusammenarbeit mit Butenschön stimmten Timo Wöllner zuversichtlich, seine berufliche Existenz auch in Zukunft sichern zu können. So waren seine Berechnungen für das Sanierungsvorhaben Butenschöns bereits schon sehr weit fortgeschritten, als er seine Arbeit, die er zu Hause erledigte, unterbrechen musste. Er konnte von seinem Arbeitszimmer aus die

Hofauffahrt einsehen und bemerkte dort einen ihm vom Sehen her bekannten dunklen Passat. Im Moment dieser Feststellung klingelte es an der Haustür. Anstatt zu öffnen, telefonierte Wöllner. Henry Cramer war sofort am Apparat. „Die Kripo steht bei mir vor der Tür. Was soll ich tun?" Die Stimme verriet Wöllners Anspannung.

„Na, aufmachen und fragen, was sie wollen. Oder gibt es etwas, was ich noch nicht weiß", fragte Cramer seinen Mandanten. Wöllner verneinte die Frage und Cramer forderte ihn auf, sich auf gar keinen Fall zu irgendwelchen Äußerungen hinreißen zu lassen. „Ohne Anwalt kein Wort – und mit Anwalt auch nicht", war Cramers Leitsatz für jeden seiner Mandanten. Er sagte ihn auch jetzt wieder.

Timo Wöllner hielt sich dran. Er öffnete die Haustür und schwieg die beiden Beamten Lukas Grote und Kai Gellert an. Er reagierte mit keiner Silbe, als Grote ihm erklärte, dass er aufgrund eines neuen Haftbefehls wegen Mordes an seiner Ehefrau Ellen Wöllner festgenommen sei.

18.

Es wurde ein reiner Indizienprozess. Genau zwölf Verhandlungstage sollte er dauern. Staatsanwalt Dr. Jahn hatte seine Anklageschrift akribisch aufgebaut. Zwei Stunden lang schilderte er bei der Verlesung der Anklage zunächst die Umstände, die nach Überzeugung der Staatsanwaltschaft dazu geführt hatten, dass Timo Wöllner zum Mörder geworden war. Als Zeugin dafür benannte die Anklage die Freundin und Arbeitskollegin des Mordopfers Sandra Wellinghaus, die entscheidende Hinweise darauf gegeben hatte, dass Timo Wöllner eben nicht mehr in gegenseitigem Einvernehmen in dem Haus Mönchstwiete 12 wohnte, sondern dass Ellen Wöllner ihn unbedingt aus dem Haus haben wollte und es deshalb zuletzt heftigen Streit gegeben habe. Als Sachverständiger war Dr. Arndt von der Rechtsmedizin benannt, der über die genaue Todesursache und den wahrscheinlichen Todeszeitpunkt Auskünfte geben sollte. Nadine Rose war Zeugin für die Zeit, in der der Angeklagte am Tatabend bei ihr gewesen sei. Sie war demnach auch Zeugin dafür, dass ihr damaliger Freund – nach der neuerlichen Inhaftierung hatte sie mit

128

Wöllner völlig gebrochen – zur Tatzeit gegen sechs Uhr abends nicht bei ihr gewesen war.

Von der Kriminalpolizei waren sämtliche Ermittler des 1. K und die beiden Spurensicherer Hans Gerlach und Clarissa Scheunemann als Zeugen für den Gang der Ermittlungen und für die Tatortaufnahme und Sicherung tatrelevanter Spuren benannt.

Weitere Sachverständige der KTU des LKA für die Resultate der dortigen Untersuchungen erwähnte der Staatsanwalt in der Anklageschrift, wobei die Ergebnisse der von Dr. Rasmus untersuchten genetischen Spuren einer ganz besonderen Gewichtung der Anklage dienten. Nur einen kaum sichtbaren Hautpartikel hatte Dr. Rasmus in den verkrusteten Blutanhaftungen an den Fingernägeln des Opfers extrahiert und festgestellt, dass die DNA dieses Partikels nicht von Ellen Wöllner stammte. Diese genetische Spur war eindeutig ihrem Ehemann zuzuordnen und somit ein Beweis dafür, dass Ellen Wöllner kurz vor ihrem Tod einen körperlichen Kontakt zu ihm gehabt haben muss. Dr. Jahn wies in der Anklageschrift darauf hin, dass Wöllner bei Tatentdeckung eine Schürfverletzung unter dem linken Ohrläppchen gehabt habe. Es bestehe die hohe Wahrscheinlichkeit, dass diese im Streit mit dem Mordopfer entstanden und somit tatrelevant sei. Der in der Wohnung unter einem Teppich aufgefundenen Aktenkoffer mit den Goldmünzen, der Tatwaffe und den weißen Baumwollhandschuhen seien von Wöllner in der Absicht versteckt worden, den Verdacht auf einen unbekannten Täter zu lenken. Für den Fall, dass die Polizei im Tathaus den Aktenkoffer dennoch finden würde, habe Wöllner sämtliche Spuren am Koffer, an der Metallkassette mit den Münzen und letztlich auch an der Waffe bis auf die an der Munition abgewischt. Die von Timo Wöllner nie benutzten Baumwollhandschuhe habe dieser beigelegt, um Spuren eines fremden Täters vorzutäuschen.

Wöllner habe sich von seiner Frau unter Druck gesetzt gefühlt. Durch die beabsichtigten Überprüfungen, die sie bezüglich seines Erbes durchführen wollte, habe er befürchtet, dass sie ihn aus dem Haus wirft. Durch den Tod seiner Frau sei er jedoch der alleinige Erbe des Hauses Mönchstwiete 12. Diese Vorstellung habe den Angeklagten bei der Begehung der Tat geleitet und erfülle eindeutig das Mordmotiv Habgier.

Während der Anklageverlesung war es der Gestik und Mimik von Henry Cramer deutlich anzusehen, dass er nicht gelassen auf den Vortrag des Staatsanwalts reagieren würde. Er wartete nicht, bis ihm das Wort vom Gericht erteilt wurde, sondern polterte sofort los, als Dr. Jahn die Verlesung beendet hatte. „In welchem Fall haben Sie soeben eine Anklage verlesen? Oder haben Sie zu viele Billigromane gelesen, um solch einen Unsinn hier vorzutragen?", ereiferte sich der Anwalt und fing sich unverzüglich einen Ordnungsruf des Vorsitzenden Richters ein. Dr. Jahn ließ sich von dem ungehörigen Benehmen Cramers nicht aus der Ruhe bringen. Er kannte die rüpelhaften Auftritte dieses Juristen zur Genüge und würdigte ihn keines Blickes. Er wusste, dass dieser Prozess reich an Eskapaden des durch und durch auf eine Konfliktverteidigung eingestellten Anwalts sein würde. Und genauso kam es auch.

Sandra Wellinghaus wird ihre mehrere Stunden während Befragung durch Henry Cramer wohl nie in ihrem Leben vergessen. So hinterhältig und gemein versuchte der Anwalt, die Zeugin Wellinghaus zu verunsichern und dann als unglaubwürdig abzustempeln. Die ersten Fragen klangen harmlos und betrafen das Kennenlernen während des Studiums. Als Cramer tiefer in diese Zeit einstieg und zum Beispiel wissen wollte, ob beide Frauen damals einen gemeinsamen Bekanntenkreis gepflegt hatten, da bemerkte Sandra Wellinghaus, dass diese Frage doch nichts mit dem Mord an ihrer Freundin zu tun habe. Dies sah Cramer natürlich anders und betonte, dass er zur Klärung der persönlichen Verhältnisse von Frau Wöllner schon gerne wüsste, ob sie schon früher anderen Männern gegenüber freizügig gewesen sei. Mit diesem Satz brachte er die Zeugin gegen sich auf. Genau das, was er auch bezweckte. Emotional angepiekste Zeugen kamen seiner Strategie sehr entgegen. So brauchte er nur wenige weitere Fragen, um die Zeugin Wellinghaus da zu haben, wo er sie haben wollte. Als er ihr die unverschämten Fragen stellte, ob sie und Ellen sich gemeinsam ihre Bekanntschaften aussuchten und ob es sich dabei um Männer gehandelt habe oder um

Frauen und ob beide vielleicht gar ein lesbisches Verhältnis gehabt hätten, da war es zu viel für die Zeugin. Sandra Wellinghaus schlug die Hände vors Gesicht und jammerte. „Hören Sie auf, mir solche Fragen zu stellen. Das ist unerhört. Unerhört ist das!" Dann liefen ihr die Tränen übers Gesicht.

Nach einer Pause begann Henry Cramer wieder mit Höflichkeiten in der Form, dass seine Fragen ja nicht persönlich gemeint seien und er die Zeugin auf gar keinen Fall habe quälen wollen. Aber er müsse im Sinne der Wahrheitsfindung eben auch unangenehme Fragen stellen. Und schon war er wieder dabei, die Glaubwürdigkeit der Zeugin zu erschüttern. So war das angebliche Verhältnis Ellens mit Schuldirektor Böhmer ein Thema, über das Cramer die Zeugin ausfragte. „Sie behaupten, dass die beiden nichts miteinander hatten. Ist das so?"

„Das weiß ich sogar. Direktor Böhmer und Ellen hatten nichts miteinander, Ganz bestimmt nicht."

„So? Und wie kommt es, dass Böhmer und Frau Wöllner in diesem Jahr am Karfreitag bis spät abends angeblich in der Schule waren? Wohlgemerkt an einem Feiertag. Was sagen Sie dazu?"

Sandra Wellinghaus merkte, dass sie langsam wütend wurde. Ellen hatte ihr davon erzählt, dass ihr Mann deshalb bereits das Gerücht in die Welt gesetzt hatte, sie, Ellen, sei am Karfreitag überhaupt nicht in der Schule gewesen.

„Das ist von Herrn Wöllner so behauptet worden", sagte sie und ihr Gesicht nahm eine rote Farbe an. „Und das war gelogen. Die EDV war in der Woche vor Ostern mehrfach ausgefallen und die Prüfungsarbeiten mussten vorbereitet werden. Daran haben Ellen und Direktor Böhmer am Karfreitag sehr lange gearbeitet, Herr Anwalt."

Cramer griente die wütende Zeugin an. „Erzählen kann man viel, Frau Wellinghaus." Und dann fing Cramer an, die Ehefrau seines Mandanten in aller Öffentlichkeit schlecht zu machen. Er behauptete, Ellen sei in den vergangenen zwei Jahren mehrfach außerhalb des Schulbetriebs mit dem einen oder anderen Schüler gesehen worden. Angeblich habe sie dabei davon geredet, eine offene Ehe zu führen. „Merkwürdig, wenn eine Berufsschullehrerin ihren Schülern in der Form gewissermaßen Avancen macht, finden Sie nicht, Frau Wellinghaus", spottete Henry Cramer.

„Das ist nicht wahr", fauchte Sandra Wellinghaus", davon hat Ellen nie etwas gesagt. Und wir haben alles miteinander besprochen, alles."

„Muss ja nicht alles stimmen, was Ellen Wöllner erzählt hat. Sie wissen doch, jede Frau hat so ihre Geheimnisse", setzte Cramer noch eins drauf und hatte die Zeugin schon wieder dort, wo er sie haben wollte. Zum Gericht gewandt, sagte er. „Man sieht, dass die Zeugin Wellinghaus nicht so gut über ihre Freundin informiert war, wie sie es in ihrer Vernehmung behauptet hat. Da sind doch einige Lücken – wesentliche Lücken."

Nicht nur die beste Freundin des Mordopfers wurde vor Gericht von Cramer in die Mangel genommen. Auch Kai Gellert, der Jüngste im Team von Christian Landau, musste erkennen, dass in einer Hauptverhandlung die Befragung durch einen auf Krawall gebürsteten Anwalt sehr belastend und unangenehm sein kann. Zumal Cramer einen Punkt ansprach, der Gellert schon seitens seines Chefs mächtig Ärger eingebracht hatte. Kommissar Gellert konnte sich gar nicht erklären, wie Cramer an die Information gekommen war. Aber die Frage nach dem Untersuchungshäftling Ben Sommer und ob es da eine Abmachung zwischen Sommer und dem Ermittler gegeben habe, konnte Gellert nicht klar beantworten. Er eierte herum, so dass es sogar dem Vorsitzenden Richter zu bunt wurde. Er fragte mit wenig freundlichem Unterton: „Was haben Sie mit Herrn Sommer besprochen?"

„Naja, er hat mich danach gefragt, ob wir auch mit dem Fall von seinem Zellennachbarn zu tun haben", antwortete Gellert zögerlich.

„Und was war das Ergebnis dieses Gesprächs? Erzählen Sie doch mal", forderte Cramer den Kripo-Zeugen auf.

„Ach, belanglos, so dies und das", sagte Gellert. Ihm war nicht wohl dabei.

„Dies und das? Konkret: Haben Sie Sommer aufgefordert, seinen Zellennachbarn auszuhorchen?"

„Naja, so direkt nicht. Aber falls er etwas hören sollte, dann könnte er es mir ja mitteilen."

„Ach so, nicht so direkt", höhnte Cramer. „Herr Gellert, Sie sind hier vor Gericht. Ich empfehle doch sehr, bei der Wahrheit zu bleiben. Also was haben Sie ihm für das Auspionieren meines Mandanten versprochen?" Gellert schluckte. Die Antwort war ihm ausgesprochen unangenehm. „Ich hätte das positiv erwähnt, bei Gericht und so", stotterte er. „Positiv erwähnt? So läuft das bei der Mordkommission. Das ist unerhört", geiferte Henry Cramer. „Und mit diesen Methoden werden angeblich wahre und wichtige Informationen gewonnen. Tolle Wahrheiten!"

Auch Kai Gellert wird diesen Auftritt vor Gericht nicht vergessen. Zu peinlich war ihm das Ganze. Er fühlte sich wie ein Trottel und war im Nachhinein froh, dass Henry Cramer eine lautstark angekündigte Strafanzeige wegen angeblicher Nötigung eines Untersuchungshäftlings nicht erstattete. Dr. Rasmus konnte mit den Attacken des Verteidigers sehr gut umgehen. Die Vorhalte, dass in seiner KTU unsauber gearbeitet und somit Spurenbereiche so kontaminiert worden seien, dass sein Mandant mit nicht nachvollziehbar entstandenen Beweisen belastet worden sei, konterte der erfahrene Rasmus nüchtern und sachlich mit den vielseitigen Qualitätszertifikaten seiner KTU. Konkret spielte Cramer auf das späte Ergebnis der Untersuchung des einzigen Hautpartikels an und unterstellte hier vorsätzliche Beweismittelmanipulation. Dr. Rasmus schilderte darauf hin sachlich und nüchtern die Verfahrensabläufe und ließ damit Cramer keine Chance, um Zweifel daran zu sähen. Ganz deutlich machte Dr. Rasmus, dass die DNA der Person, die in seiner KTU wie üblich unter anonymer Verschlüsselung geführt worden war mit großer Sicherheit mit der des einzelnen Hautpartikels übereinstimme. „Kein zweiter Mensch unter fünfhundert Millionen hat diese festgestellten Merkmale", schloss Dr. Rasmus seine Ausführungen.

Christian Landaus Auftritt als Zeuge vor Gericht war mehrfach verschoben worden, weil der gerichtliche Zeitplan durch die konfliktreiche Verteidigung mehr als einmal völlig durcheinander gebracht worden war. Erst gegen Ende der Beweisaufnahme kam er endlich in den Zeugenstand. Für den Lauf des Prozesses ein sehr wirkungsvoller Umstand, denn genau einen Tag vor diesem Termin hatte Landau etwas erfahren, was er liebend gerne schon in der ersten Phase der Mordermittlungen gewusst hätte. In der Woche zuvor hatte Nadine Rose in dem Prozess ausgesagt. In mehreren Punkten machte sie von ihrem Recht Gebrauch, die Aussage zu verweigern. Das durfte sie, weil die Staatsanwaltschaft gegen sie ein Verfahren wegen versuchter Strafvereitelung führte und sie sich nicht selbst belasten wollte. So waren ihr die Worte sehr zögerlich über die Lippen gekommen und Rechtsanwalt Cramer, der von der Zeugin hören wollte, dass sein Mandant ihr gegenüber von Anfang an seine Unschuld bekundet habe, wurde zornig, denn Nadine Rose bestätigte das nicht so klar. Sie war mittlerweile zu der Überzeugung gelangt, dass die Nähe zu dem Angeklagten für ihr Image als erfolgreiche Geschäftsfrau und auch sonst nicht positiv sei. Daher äußerte sie sich vor Gericht sehr sparsam und vor allem distanziert.

Als sie dann den Pressebericht über ihre Zeugenrolle in der Zeitung las, da kochte die Wut in ihr hoch. „Steckt diese mysteriöse Frau doch mit dem Mörder unter einer Decke?", war die Schlagzeile, die Nadine Rose völlig aus der Fassung brachte. Mit einer Information, die sie bisher nie erwähnt hatte, ging sie zur Polizei und erklärte Christian Landau das Ungeheuerliche.

„Ich habe es für mich behalten, weil ich es nicht glauben wollte", begründete sie ihr bisheriges Schweigen darüber, dass Timo Wöllner ungefähr vier Wochen vor dem Mord vorgeschlagen habe, eine Lebensversicherung in Höhe von fünfzigtausend Euro für seine Ehefrau ohne ihr Wissen abzuschließen. Er habe tatsächlich gemeint, Nadine solle die Unterschrift fälschen, weil sie eine ähnliche Handschrift wie seine Frau hätte. Nadine Rose will ihrem Freund nur kopfschüttelnd einen Vogel gezeigt und das Ansinnen abgelehnt haben.

Noch am Abend hatte Landau Dr. Jahn von der neuen Lage fernmündlich berichtet und erklärt, Nadine Rose dazu ausführlich als Zeugin vernommen zu haben. Der

Staatsanwalt war also nicht überrascht, als der Zeuge Christian Landau dem Gericht die neue Entwicklung vortrug. Rechtsanwalt Cramer überschlug sich fast, als er Landau einfach unterbrach und ihm vorhielt, Nadine Rose beeinflusst zu haben, um seinen Mandanten in einem schlechten Licht darzustellen. Landau sah den wütenden Verteidiger nicht an, als er polternd derart hergeholte Beschuldigungen in den Gerichtssaal brüllte. Er blickte zum Vorsitzenden Richter und als Cramer seinen lauten Redeschwall beendet hatte sagte er nur: „Was die Verteidigung mir soeben vorgeworfen hat, ist nicht zutreffend. Mehr kann ich dazu nicht sagen." Weitere Versuche Cramers, Landau aus der Reserve zu locken und ihn zu unüberlegten Äußerungen zu verleiten, gingen ins Leere. Christian Landau ließ sich nicht provozieren und beantwortete jede Frage nüchtern und sachlich. Ein von Cramer oftmals angewendetes Spiel, Fragen an späterer Stelle noch einmal in der Erwartung zu wiederholen, der Zeuge würde anders darauf antworten, kannte Landau nur zu gut. Er wies den Verteidiger darauf hin, die Fragen bereits beantwortet zu haben und fragte das Gericht, ob er sie nun noch einmal beantworten müsse. In einigen Bereichen verwies Landau auf den Akteninhalt, wenn er sich nicht mehr sicher war, welcher Beamte wann um welche Uhrzeit diesen oder jenen Gegenstand sichergestellt habe. Auch diese Detailfragen stellte Cramer im Rahmen seiner Verteidigungsstrategie nur, um den Zeugen zu verunsichern. Das gelang ihm jedoch nicht. So fand nach der anfangs sehr heftig vorgetragenen Befragung durch Cramer die Aussage des für die Ermittlungen verantwortlichen Kriminalbeamten ein ruhiges Ende.

Die Plädoyers des Staatsanwalts und des Verteidigers konnten unterschiedlicher nicht sein. Nicht zuletzt durch die sensationelle späte Aussage von Nadine Rose konnte Dr. Jahn einen Schuldspruch wegen Mordes aus Habgier fordern. Henry Cramer plädierte erwartungsgemäß für einen Freispruch seines Mandanten und nutzte abermals die Gelegenheit, den Ermittlungsbehörden und insbesondere der Mordkommission einseitige Ermittlungen, schlampige

Arbeit, Manipulation von Beweismitteln und Beeinflussung von Zeugen vorzuwerfen.

19.

Christian Landau war zwei Tage später nicht dabei gewesen, als das Landgericht das Urteil gesprochen hatte. Er war mit seinem Team zu einem unklaren Todesfall gerufen worden. In Bansdorf war der ehemalige Müller und Landhändler Friedger Kornfeld tot in seinem leerstehenden Mühlengebäude aufgefunden worden. Seine Frau Gertud hatte ihn gesucht, weil er nicht zum Mittagessen gekommen war. Am Fuß der Treppe hatte er mit einer offenen Schädelverletzung gelegen. Der Notarzt konnte nicht mehr helfen. Ernst-Dieter Schütt, von der Polizeistation Bansdorf hatte Landau angerufen und den Todesfall mitgeteilt. Landau und Schütt kannten den Müller gut. Er war eines der Opfer in einer Serie von Raubüberfällen vor Jahren in Bansdorf und Flethstedt gewesen. Nach Aufsehen erregenden Ereignissen war die Serie aufgeklärt worden. Zwei Räuber tot. Ein weiterer war für viele Jahre ins Gefängnis gekommen. Polizeioberkommissar Schütt hatte in seinem Bericht zu Landau gesagt: „Es kann ein Treppensturz sein, es kann aber auch ein Schlag mit einem stumpfen Gegenstand gewesen sein. Schaut euch das doch mal genauer an. Und noch etwas. Gertrud Kornfeld faselt davon, dass einer der Räuber von damals bestimmt gekommen ist, um ihren Mann umzubringen." Landau wusste, dass Gertrud Kornfeld und auch ihr Mann Friedger lange Zeit unter den Folgen des Überfalls gelitten hatten. Beide waren von den Verbrechern gefoltert worden, um ein häusliches Geldversteck preiszugeben, sie waren beide in psychiatrischer Behandlung gewesen und hatten erst ganz allmählich in ihr normales Leben zurückgefunden.

So war es gekommen, dass das 1. K sich am Nachmittag der Urteilsverkündung im Mordfall Wöllner mit dem Todesfall Kornfeld befasste. Es war relativ schnell klar, dass Kornfeld auf halber Treppe in den Mühlenkeller gestolpert und am Fuß der Treppe mit dem Kopf gegen ein dort an der Wand quer verlaufendes Eisenrohr gestoßen sein musste. Ein Schuh des Toten fand sich eingeklemmt zwischen zwei offenen Treppenstufen in Treppenmitte und deutete darauf hin, dass Kornfeld hier umgeknickt und ins Stolpern geraten war. Blutanhaftungen an dem Eisenrohr an der Wand gegenüber der Treppe rundeten das Bild eines Unfallgeschehens ab. Landau und sein Kollege Schütt von der Bansdorfer Polizei kümmerten sich nach diesen Feststellungen noch eine ganze Weile um die verzweifelte Witwe. Sie blieben so lange bei ihr, bis Bürgermeister Mahn auf Bitte der Beamten eine Gemeindeschwester für die weitere Betreuung der armen Frau herangeholt hatte.

Das Ergebnis der Urteilsverkündung hatte Landau erst abends im Schleswig-Holstein Magazin erfahren und wohlwollend zur Kenntnis genommen.

Am Tag darauf las er im Klosterhausener Tageblatt von dem eindeutigen Schuldspruch. Timo Wöllner war wegen Mordes aus Habgier zu einer lebenslangen Freiheitsstrafe verurteilt worden. In dem umfangreichen Artikel war ausführlich über den Prozess berichtet worden. Landau war zufrieden, dass das Gericht sich in der Urteilsbegründung auch sehr mit den ungeheuerlichen Vorwürfen gegen die Kriminalbeamten beschäftigt und die Beschuldigungen klar zurückgewiesen hatte. Gleichsam mit seinen Mitarbeitern empfand er den Bericht als wohltuend und Landau war froh, dass dieser komplizierte Fall noch vor seiner baldigen Pensionierung abgeschlossen werden konnte.